에세이 반야심경

에세이 **반야심경**

초판 1쇄 인쇄 | 2017년 9월 20일
초판 1쇄 발행 | 2017년 9월 30일

지은이 | 송원
펴낸곳 | 함께북스
펴낸이 | 조완욱

등록번호 | 제1-1115호
주소 | 412-230 경기도 고양시 덕양구 행주내동 735-9
전화 | 031-979-6566~7
팩스 | 031-979-6568
이메일 | harmkke@hanmail.net

ISBN 978-89-7504-678-0 03810

비로소 내가 누구인지 알게 되다

에세이 **반야심경**

송원 지음

함께
BOOKS

머리말

대승불교에는 많은 경전이 있습니다. 그중에서도 특히 금강경(金剛經)·법화경(法華經)·화엄경(華嚴經)은 대승삼부(大乘三部) 경전이라고 할 수 있습니다. 그 특색을 살펴보면, 부처님의 실상을 말씀하신 경전은 법화경(法華經), 보살의 자비를 말씀하신 경전은 화엄경(華嚴經), 불교 해탈의 세계를 말씀하신 경전은 금강경(金剛經)입니다.

금강경(金剛經)을 금강반야바라밀경(金剛般若波羅蜜經) 또는 금강반야경(金剛般若經)이라고도 하는데 가장 많이 독송되고 있는 경전입니다. 여기에 속한 경으로서는 금강반야바라밀경만 있는 것이 아니라, 대반야바라밀경(大般若波羅蜜經) 600권을 포함해서 약 800여 권의 반야부(般若部) 경전이 있습니다. 반야심경(般若心經)은 이렇게 많은 반야부(般若部) 경전 중의 하나입니다.

금강반야바라밀경은 중국 당나라의 삼장법사 현장(602-664)이 번역한 600권 대반야바라밀경 중 제577권째에 해당하는 경(經)입니다.

반야심경(般若心經)과 천수경(千壽慶)은 우리나라의 각종 불교

행사 중에서 가장 많이 읽혀지는 경(經)입니다. 천수경과 반야심경의 특징을 간략히 살펴보면, 천수경에서는 그대로 관세음보살의 원력(願力)과 위신력(威神力)을 말하고 있습니다. 그리고 중생이 어떻게 관세음보살을 신앙하며 중생의 입장에서 어떠한 발원(發源)을 해야 하는가에 대하여 말씀하고 있습니다. 이에 비해서 반야심경에서는 반야중도해탈(般若中道解脫)의 세계를 중심으로 말씀하고 있습니다. 반야는 지혜를 말합니다. 지혜는 사물의 원리나 이치를 올바로 깨닫고 현명하게 처신하는 능력입니다. 그러므로 반야심경의 뜻은 '지혜의 빛으로 모든 번뇌에서 벗어나 영원한 진리를 깨달아 열반(涅槃)의 경지에 이르는 경전'이라고 할 수 있습니다.

반야심경의 글자 수는 260자 밖에 안 되는 짤막한 경이지만 참으로 진리의 법보인 것입니다. 반야심경은 반야부의 심장부에 해당하는 심경이기에 더욱더 중요한 경전입니다.

'한 번은 꼭 읽어야 할 에세이 반야심경'에서는 우리들의 빠른 이해를 돕기 위해 반야의 지혜를 생활화할 수 있고 슬기와 지혜를 체득할 수 있도록 쉽고 흥미 있게 풀어썼습니다. 이 책을 통해 반야심경의 정수를 이해하는 시간이 되었으면 하는 바람입니다.

摩訶般若波羅蜜多心經
마 하 반 야 바 라 밀 다 심 경

觀自在菩薩 行深般若波羅蜜多時 照見五蘊
관 자 재 보 살　행 심 반 야 바 라 밀 다 시　조 견 오 온

皆空 度一切苦厄
개 공　도 일 체 고 액

舍利子 色不異空 空不異色 色卽是空 空卽
사 리 자　색 불 이 공　공 불 이 색　색 즉 시 공　공 즉

是色 受想行識 亦復如是
시 색　수 상 행 식　역 부 여 시

舍利子 是諸法空相 不生不滅 不垢不淨 不
사 리 자　시 제 법 공 상　불 생 불 멸　불 구 부 정　부

增不減
증 불 감

是故空中無色 無受想行識 無眼耳鼻舌身意
시 고 공 중 무 색　무 수 상 행 식　무 안 이 비 설 신 의

無色聲香味觸法 無眼界 乃至無意識界 無
무 색 성 향 미 촉 법　무 안 계　내 지 무 의 식 계　무

無明 亦無無明盡 乃至無老死 亦無老死盡
무 명　역 무 무 명 진　내 지 무 노 사　역 무 노 사 진

無苦集滅道 無智亦無得 以無所得故
무 고 집 멸 도　무 지 역 무 득　이 무 소 득 고

菩提薩陀 依般若波羅蜜多故 心無罣礙 無罣
보 리 살 타　의 반 야 바 라 밀 다 고　심 무 가 애　무 가

礙故 無有恐怖 遠離顚倒夢想 究竟涅槃 三
애 고　무 유 공 포　원 리 전 도 몽 상　구 경 열 반　삼

世諸佛 依般若波羅蜜多故 得阿縟多羅三邈
세 제 불　의 반 야 바 라 밀 다 고　득 아 뇩 다 라 삼 먁

三菩提 故知般若波羅蜜多 是大神呪 是大
삼 보 리　고 지 반 야 바 라 밀 다　시 대 신 주　시 대

明呪 是無上呪 是無等等呪 能祭一切苦 真
명 주　시 무 상 주　시 무 등 등 주　능 제 일 체 고　진

実不虛 故說般若波羅蜜多呪 即說呪曰。
실 불 허　고 설 반 야 바 라 밀 다 주　즉 설 주 왈

揭諦揭諦 波羅揭諦 波羅僧揭諦 菩提薩婆
아 제 아 제　바 라 아 제　바 리 승 아 제　모 지 사 바

訶(세번)
하

앞장 반야심경의 전문에 대한 해석은 다음과 같습니다.

관자재보살(觀自在菩薩)이 반야바라밀다(般若波羅蜜多)를 행할
때, 다섯 가지 쌓임[五蘊]이 모두 공(空)하다는 것을 깨달아 온갖
괴로움과 재앙을 벗어나 건넜느니라.

사리불(舍利弗)이여, 색(色)이 공(空)과 다르지 않고, 공이 물질과
다르지 않으며 물질이 곧 공(空)이요 공이 곧 색(色)이니 느낌[受]
과 생각[想]과 지어감[行]과 의식[識]도 그러하니라.

사리불이여, 이 모든 법의 공(空)한 모양은 나지도 않고[不生],
없어지지도 않으며[不滅], 더럽지도 않고[不垢], 깨끗하지도 않으
며[不淨], 늘지도 않고[不增], 줄지도 않느니라[不滅]. 그러므로 공
(空) 안에서는 색도 없고 느낌과 생각과 지어감과 의식도 없으며
눈과 귀와 코와 혀와 몸과 뜻도 없으며 빛과 소리와 냄새와 맛과
닿힘과 법도 없으며 눈의 경계[眼界]도 없고 의식의 경계[意識界]
도 없으며 무명(無明)도 없고 또한 무명이 다함까지도 없으며 늙
고 죽음도 없고 또한 늙고 죽음이 다함까지도 없으며 괴로움[苦]
과 괴로움의 원인[集]과 괴로움의 없어짐[滅]과 괴로움을 없애는
길[道]도 없으며 지혜[智]도 없고 얻음[得]도 없느니라. 얻을 것이
없는 까닭에 보살은 반야바라밀다를 의지하므로 마음에 걸림이
없고 걸림이 없으므로 두려움이 없어서 뒤바뀐 헛된 생각을 아
주 떠나 완전한 열반[究竟涅槃]에 들어가며 과거·현재·미래의 모
든 부처님도 이 반야바라밀다를 의지하므로 아뇩다라삼먁삼보

리(阿耨多羅三藐三菩提)를 얻느니라.

그러므로 반야바라밀다는 가장 신비한 주문[大神呪]이며 가장 밝은 주문[大明呪]이며 가장 높은 주문[無上呪]이며 무엇과도 견줄 수 없는 주문[無等等呪]이니 온갖 괴로움을 없애고 진실하여 허망하지 않음을 알아라. 그러므로 반야바라밀다의 주문을 말하나니 주문은 곧 이러하니라.

아제 아제 바라아제 바라승아제 모지 사바하

(揭帝 揭帝 般羅揭帝 般羅僧揭帝 菩提 僧莎訶)

반야심경·현대어 역

전지자이며 인간의 길을 깊이 깨달아 또 남도 깨닫게 하는 사람, 즉 각자(覺者)가 되신 분에게 경의를 바친다.

거룩한 구도자(求道者) 관음(觀音)은, 심원한 지혜의 완성을 실천하고 있을 때에 세상에 존재하고 있는 모든 것은, 다섯 개의 요소가 있는 것으로 보았다. 그리고 그는 이들의 구성요소가 그 본성에서 볼 때 모두 실체가 없는 것임을 간파했던 것이다.

이 세상에 있어서의 물질적 현상에는 실체가 없는 것이며 실체가 없기 때문에 물질적 현상이며 실체가 없지만 그것은 또한 물질적 현상을 떠나서 존재하는 것이다. 무릇 물질적 현상이라고 하는 것은 모두 실체가 없는 것이다. 이와 마찬가지로 감각도 표상(表象)도 의지(意志)도 지식도 모두 실체가 없는 것이다.

생겨나거나 발생했다고 하는 일도 없고, 멸해서 없어진다고 하는 것도 없으며, 더러워진 것도 아니고, 더러움을 떠난 것도 아니며, 줄어드는 것도 없고, 늘어나는 것도 없다.

실체가 없다고 하는 공(空)의 세상에 있어서는 물질적 현상도 없고 감각도 없고 표상도 없고 의지도 없고 지식도 없다. 눈도 없고 귀도 없고 코도 없고 혀도 없고 신체도 없고 마음도 없고 모순도 없고 소리도 없고 향기도 없고 맛도 없고 손이 닿을 대상도 없고 마음의 대상도 없다. 눈의 영역에서 의식의 영역에 이르기까지 남김없이 모두가 공(空)인 것이다.

깨닫고 벗어나서 밝아짐이 없어지는 일도 아니며 사로잡혀 어두움이 없어지는 일도 없다. 이와 같이 해서 마침내 늙음도 죽음도 없으며 늙음과 죽음이 없어지는 일도 없다고 하기에 이르는 것이다. 괴로움도 괴로움의 원인도 괴로움을 막는 길도 없다. 아는 것도 없고 역시 얻는 것도 없다.

그렇기 때문에 얻는다고 하는 일이 없으므로 여러 구도자의 지혜의 완성을 신뢰하여 마음을 놓고 마음이 가리는 일이 없이 살고 있다. 마음을 가리는 것이 없으므로 두려움이 없으며 거꾸로 진리를 보는 전도(顚倒)된 마음을 멀리 떠나서 영원의 평안에 들어가 있는 것이다.

과거·현재·미래의 삼세(三世)의 번뇌에서 벗어나고 깨어난 사람들은 모두 지혜의 완성에 깊은 신뢰를 가지며 더없이 바른 지혜의 눈을 뜨고 진리의 깨달음을 얻으리라. 그러므로 알아야 한다. 지혜를 완성한 위대한 진리의 말, 위대한 깨우침의 참된 말, 이와 같이 무엇과도 비교할 수 없는 진리의 말씀은 모두 괴로움을 가라앉히는 것이며 거짓이 없으므로 진실인 것이다.

그 진언, 진리를 알리는 부처의 말은 다음과 같이 풀이되었다.

"간 사람이여 넘어 선 사람이여 피안에 간 사람이여 피안에 완전히 넘어 선 사람이여 진리의 깨달음이여 영원하라 행복하라. 여기 지혜의 완성의 마음을 마친다."

차례

 서장/살아있는 지혜의 마음
현대인의 마음의 고향을 찾는 진리

 제1장/심(心)과 마음
어떻게 심경을 읽을 것인가

제2장 / 남의 아픔과 나의 아픔

고통이 괴로움이 아니게 될 때

서장/살아있는 지혜의 마음

현대인의 마음의 고향을 찾는 진리

지혜는 노(老)·병(病)·사(死)의 바다를 건너는 굳건한 배요, 또한 무명의 어둠 속 큰 등불이며 모든 병든 자의 좋은 약이요, 번뇌의 나무를 치는 날랜 도끼다. 마땅히 듣고 생각하고 갈고닦는 지혜로써 더욱 정진해야 한다.

인생은 소인 찍힌 속달 소포

'바쁘다'라는 말이 일상적인 인사말이 되어 버릴 만큼 우리들은 날마다 무엇인가에 쫓기며 살고 있습니다. 교통수단이 편리하게 되면 될수록 개인의 주변은 더욱더 바쁘게 되는 것 같습니다. 실로 어처구니없는 아이러니가 아닐 수 없지만 또한 숨길 수 없는 현실입니다.

이렇게 분주한 몸과 마음의 소용돌이 속에서 시달림을 받고 있는 현대인 가운데 어느 시인이, 빠른 속도로 시골의 작은 역(驛)을 통과하는 특급 열차에 앉아서 차창 밖을 바라보며 '바쁘다'라는 시를 지었습니다. 그 시를 읽으며 무엇인가 공감할 수 있는 마음이 생겼습니다.

이렇게 급하게 서둘러도 되는 것일까
모내기하는 사람들 위를
시속 200km로 통과하노라면
나는 그들의 손을 볼 수 없다
그들의 수고에 마음 쓸 겨를이 없다

속도는 너무 빨라서 넋이 나간다
괴로움도 노여움도 불공평도 절망도 모두 바삐 흩어지며
사라지는 풍경들
이렇게 급하게 달려도 되는 것일까
나의 몸은 속달 소포
나의 마음은 소인(消印) 찍힌 우표
그래도 시간이 못 미치고 늦는구나.
달려도 서둘러도 쫓기고 늦는구나.

달리는 기차의 창을 통해 바라본 세상의 풍경이 시속 200km 의 속도로 깜박할 사이에 사라져 버리는 것처럼 우리는 자신의 주위에 있는 사람들의 슬픔과 기쁨, 불행이나 고통 같은 것에 관심을 줄 수 있는 겨를이 없습니다.

현대인의 특징으로서 무관심을 들게 되는 연유인 것입니다.

"이 속도는 너무 빨라서 넋이 나간 것이다."

너무 빠르고 긴박하게 돌아가는 현실 속에서 미처 자신을 돌아볼 가장 소중한 무엇이 빠져 달아나고 없기 때문에 그것들을 의식할 사이도 없이 지나쳐 버린 상태가 되는 것입니다. 우리는 왜 이처럼 '빠른 것은 좋은 일'로 환영하며 급하게 서두르는 것일까요.

달리는 차와 차의 사이를 두지 않으면 사고를 일으키게 되는 것과 마찬가지로 사람과 사람의 사이 역시 조화롭게 지켜지지 못할 때 자칫하면 문제점과 다툼이 일어나게 되며 개인 한 사람 한 사람으로서는 초조하고 조급해진 나머지 신경질적으로 될 수밖에 없습니다.

"나의 몸은 속달 소포, 나의 마음은 소인 찍힌 우표"

정신없이 바쁘게 움직이는 신체는 극도로 피곤해서 손발을 움직일 기력조차 없을 만큼 탈진해 버립니다. 오늘이라는, 다시는 돌아오지 않는 날의 스탬프가 나의 마음에 찍혀서 일생을 바쁘고 조급하게 쫓기는 가운데 세상의 풍경을 의미 없이 지나쳐 버린다고 하는 것은 너무 애석한 일이 아닐 수 없습니다.

성급함이 빚은 인생의 원죄

600년 전에, 독일에 슈피겔이라는 기인이 있었습니다.

어느 날 아침, 그가 길을 걷고 있는데 빠른 속도로 다가온 마차가 그의 앞에서 급하게 멈추었습니다. 마차를 몰던 나그네는 아주 다급한 목소리로 슈피겔에게 다음 도시까지 가는 데 걸리는 시간을 물었습니다.

슈피겔은 "천천히 가면 4~5시간, 급하게 달리면 하루"라는 기묘한 대답을 해 주었습니다.

나그네는 발끈 화를 내며 그곳에 올 때까지 보다 더 빠른 속도로 마차를 몰아 댔습니다. 그런데 그만 도중에 수레바퀴의 굴대가 부러져 버리고 말았습니다. 빨리 가고 싶은 욕심이 지나쳐서 마차의 굴대가 부러질 만큼 무리를 했던 것입니다.

나그네는 부러진 굴대를 수리해서 바꿔 끼우는 데 많은 시간이 걸렸습니다. 한 밤중이 다 될 무렵에야 겨우 목적지에 도착했습니다. 슈피겔이 말한 대로 꼬박 하루가 걸려버린 셈입니다.

"바쁘다"라고 하는 한자의 '바쁠 망(忙)' 자를 풀어 보면, 심방 변(忄)에 없을 망(亡) 자를 쓴 것임을 알 수 있습니다.

이것은 '마음[忄]이 없어진[亡]' 현상을 나타내는 글자입니다. 너무 지나치게 바빠서 주위를 돌아볼 겨를을 찾지 못한 나머지 양심이 없어지는 양심 부재, 인간으로서의 본심과 인간애가 자취를 감추고 사라져 버린 인간 부재의 결과, 인간으로서의 정신을 지탱했던 중심축이 날아가 버리는 것입니다.

파스칼은 인간은 흔들리는 갈대이지만 생각하는 갈대라고 말했습니다.

인간의 특권을 행사할 사이-겨를-틈을 상실한 것은 결국 다망(多忙)이 빚어낸 우리의 원죄인지도 모릅니다. 이제 우리는 이 소중한 마음을 되찾고 인간을 회복하는 인간 복권의 대열에 나서야겠습니다.

우리에게 잃어버린 마음이란 무엇인가 하는 것을 생각하고 배울 필요가 있습니다. 이 마음을 가슴 깊이 스미도록 가르침을 주는 '심경'-즉 마음의 경, 반야심경이 있습니다.

소중한 자기 자신

사람은 세상 일이 바빠지면 누구나 '잊어버린다'는 현상이 생깁니다. 흔히 소지품을 챙기지 못하고 아무 곳에나 떨어뜨리고 다녀서 당황하는 경우가 생기곤 합니다. 이 바쁠 망 자(忙)를 위로 세워서 방치하면 잊을 망(忘) 자가 됩니다.

공자(孔子)가 여러 나라를 순력(巡歷)하고 귀국했을 때, 태수(太守)인 애공(哀公)에게 귀국인사를 하며 여행에서 있었던 일들을 이야기했습니다. 그러자 애공도 스승의 부재중에 있었던 일을 말했습니다.

"선생님께서 이곳을 비우고 여행 중에 계실 때에 먼 지방의 관리관으로 임무를 맡긴 신하가 있습니다. 그 자는 건망증이 심했는데 부임지로 가는 도중 부인을 깜박 잊고 집에 둔 채 부임지로 가고 있는 것을 알고는 되돌아오질 않았겠습니까?"

애공의 말을 듣고 공자는 조금도 웃는 빛이 없이 자세를 고쳐 앉으며 차분한 어조로 대답했습니다.

"자기 아내를 집에 둔 채 잊고 나갔을지라도 그것은 반드시 생각이 나서 데리러 올 일이니 크게 걱정할 건 못 되는 것입니다. 그러나 가장 소중한 자신을 어딘가에 버려둔 채 까맣게 잊고 방치해 두고 있는 것이 바로 우리가 살고 있는 이 시대의 모습이 아니겠습니까?"

공자가 죽은 지 2,500여 년의 세월이 지났습니다. 그러나 지금의 시대를 사는 현대인 역시 공자가 지적한 대로 자신의 존재를 잊고 사는 것 같습니다. 소중한 자신을 잊어버리고 있는 것-이것은 곧 자기가 자기를 포기하는 '자포자기'인 것입니다. 바쁘다고 해서 차분하게 마음을 가다듬을 새도 없이 방치해 버리거나 끝내 사색할 틈을 갖지 못한다면, 마침내 인간이 자기도 의식하지 못하는 사이에 인간이 아닌 것으로 되어버립니다. 자기 자신이 자신이 아닌 것으로 되어 버린다면 인간으로 태어난 값진 의미도 보람도 없어지는 것이 아니겠습니까.

마음의 눈을 뜨게 하는 반야심경(般若心經)

스스로 참다운 자기가 되기 위해 노력할 때 알찬 인생의 열매를 맺을 수 있습니다. 마음을 넓혀서 자기 자신을 확충하지 못한다면 우리의 일생은 공중분해되고 말 것입니다.

자신이 바라보는 '나'란 무엇입니까?

자기를 응시하는 조용한 반성의 눈을 뜨게 되는 것, 인간으로서 가장 소중한 의미가 아닐 수 없습니다.

동양의 석학 두 사람이 '인간의 진보에 대해서' 이야기를 나눈 일이 있었습니다. 두 석학 중의 한 사람이 말했습니다.

"나는 까렐의 저서(인간-이 미지의 것)를 읽고 흥미롭다고 느낀 것은 과학이 지금까지 주로 물질을 연구해서 이만큼의 성과를 거두었지만, 인간에 관한 연구를 소홀히 한 것은 매우 애석한 일이라고 생각합니다. 인간에 대하여 과학이 연구를 시작한 것은 극히 최근의 일이라고 하는 점을 강조하고 있는 책이라는 것입니다."

석학의 말을 들은 다른 석학이 말했습니다.

"바로 그것입니다. 지금 세상은 인간에게 가장 소중한 영역이 소홀하게 다루어지고 방치된 상태에 있다는 것을 알 수 있습니다. 이 소중한 인간의 문제, 자기성찰의 사색이 멸종 위기에 놓여 있음을 아는 사람은 극히 소수의 전문가들뿐입니다. 보통 사람들은 날이 갈수록 그런 정신의 영역과 마음의 세계를 가볍게 보는 경향이 더해만 가고 있는 것 같습니다. 가슴 아픈 일이 아닐 수 없습니다."

우리는 이 점에 주목하지 않을 수 없습니다. 인간이 과학에 대해 두려움을 느끼는 것은, 인간의 정신세계가 과학의 발전 속도를 미처 따르지 못한다는 것에 있습니다. 물질만능주의와 과학의 혜택으로 인해 물질의 수준이 인공지능화될 만큼 인간이 소외되고 있는 것입니다. 앞으로는 인간이 제어하지 못할 만큼 그 발전 속도는 상상할 수가 없습니다. 이에 우리는 과학의 발전에 의하여 소외되고 있는 인간의 지혜에 대하여 생각하지 않을 수 없습니다.

우리는 자신을 중심으로 해서 자신의 외부에 있는 것-객관적으로 존재하는 것에 대해서 아는 것을 지식(Knowledge)이라 하고 자기 자신 혹은 자기 안에 내재하는 것, 즉 주관적 사실을 배우는 것을 지혜(Wisdom)-남방불교의 성전(聖典) 용어로 '판냐'라고 하며 이것을 한자로 음역해서 반야(般若)라고 합니다. 이 지혜를 중심으로 인간의 정신과 자신의 마음을 바르게 인식하는 길과 방법을 풀어나가는 것이 바로 반야심경(般若心經)입니다.

'참된 지혜'를 배우는 경전이라는 뜻입니다.

앞에서 현대인은 바쁘게 쫓기는 생활 속에서 가장 소중한 자기 자신을 잊어버리고 있다는 사실을 지적한 바 있습니다. 이 건망증이야말로 고뇌를 수레에 가득 싣고 죽는 날까지 못 벗어나게 하는 인간의 멍에인 것입니다. 이 멍에에서 벗어나는 마음의 눈을 뜨도록 일깨워 주는 것이 반야심경(般若心經)입니다.

우리의 마음, 알 것 같으면서도 모르고 손에 잡은 듯하면서도 잡히지 않는 것이 바로 우리의 마음입니다. 마음이 존재한다고 하지만 마음이 있는 소재지는 분명치 않습니다.

이와 같은 의미에서 볼 때 반야심경에 '비어 있다'는 뜻을 표현하는 빌 공(空) 자가 자주 등장하는 것은 우리의 학문적인 흥미를 깊이 자극하고 있습니다.

너 자신의 말로 집을 지어라

'공'(空)이란 글자를 보면 공중·공허·공백·공간과 같은 의미로 쓰이는 글자임을 알 수 있습니다. 사전에는 ①속이 빈 것 ②공간·하늘 ③근거가 없는 일 ④헛일 등으로 풀이되어 있습니다.

잡을 곳이 없는 마음이기 때문에 근거가 없는 것입니다. 어떤 면에서는 붙잡은 것으로 생각하고 있었지만 사실은 실체가 없어서 아무것도 얻지 못하는 것, 그러나 결코 없다고 할 수는 없는 것, 있는 것 같으면서도 없고 없는 것 같으면서도 있는 것이 마음의 본질입니다.

수년 전 일본에서 스스로 생을 마감한 한 학생의 일기장에서 다음과 같은 구절이 발견되었습니다.

'지금까지 나는 도대체 무엇을 위해 살아왔는가? 현실에 대해서 책임을 지지 못하고 미래에 대한 희망도 없이 오직 회의와 무관심 사이를 떠돌아다니면서 타인의 말에 의해서 나를 변호한다. 나는 누구이며 무엇을 하는 사람인가 스스로에게 묻지 않을 수 없다.'

이 학생의 죽음을 안타깝게 여긴 기자에 의해 그 학생의 일기의 일부가 보도되었던 것입니다.

그 학생은 '타인의 말에 의해서 자기를 변호한다.'고 하지만, 그것은 스프레히코트(Sprechchor), 즉 무대 위에서 소리를 맞추어 일제히 외치는 구호일 수도 있습니다.

나 자신의 경우도 누군가의 말을 인용하고 있을 때가 많습니다. 그렇기 때문에 깊은 마음속에서 우러난 진솔한 말이 아니기에 공허감을 느끼게 되는 것이 아니겠습니까. 이것이 현대인이 갖는 고민의 한 가지 특징입니다.

어느 작가는 '세 사람의 스승'이란 제목으로 수필을 썼습니다. 세 사람의 스승 가운데 한 사람은 바로 작가의 아버지였습니다.

그의 부친은 완고한 고집불통의 목수였습니다. 그는 목수 일에 관한 한 누구보다 뛰어난 기술과 신기에 가까운 정확성을 최고의 만족으로 삼았습니다. 작가의 아버지가 가장 싫어하는 것은 노력하지 않고 삶을 살려는 태도였습니다.

"부끄럽다는 생각도 없이 먹줄로 인쇄된 나무를 사다가 무의식적으로 편리하게 사용하도록 설계된 나무를 사용하는 목수는 진짜 목수라고 할 수 없다."라고 창의성이 없음을 혹평하고 경멸했습니다.

작가는 부친의 이 말을 높이 평가했습니다.

"아버지가 그토록 엄격하게 일러주신 말씀을 나는 교훈으로 삼고 있다. 목수일은 글을 창작하는 일과 조금도 다를 바 없다. 건축의 재료는 소설에 있어서의 언어, 즉 '말'인 것이다. 먹줄이 인쇄된 나무는, 자신의 피나는 노력으로 이루어진 것이 아닌 남이 지어준 말인 만큼 너 자신의 '말'을 갖고 너 자신의 집을 지어 보라―일생을 두고 아버지는 나에게 거의 강압적으로 이 같이 말씀해 주셨습니다."

스스로 깨닫고 경험한 자신의 말로 이야기하고 쓰지 않는 한, 아무리 멋진 이야기를 했다 하더라도 아무리 감동적인 글을 썼다 하더라도 메울 수 없는 공허감이 따라다닙니다.

그것은 단순히 이야기해 달라는 부탁에 의해서, 마치 이야기가 쏟아져 나오는 기계처럼 이야기가 쏟아져 나오는 것이며 글을 써 달라는 부탁에 의해서 글이 쓰여지고 있는 것에 지나지 않습니다.

자신의 의지로 인생을 걸어가는 것이 얼마나 어려운가, 또 얼마나 소중한 것인가를 깊이 사색하는 가운데 고민하고 괴로워해 본 일이 없는 사람들이 행동하기 때문에 공허하게 되는 것입니다. 더구나 이 공허함을 바르게 메우고 채우려 하지 않고 순간적인 충동에 떠밀려 목적도 없이 행동하기 때문에 자기 자신으로서도 자신의 문제에 대하여 수습할 수 없게 되는 것입니다. 한마디의 말을 하더라도 자기 자신의 말을 바르게 쓸 수 있게 하기 위해서는 먼저 자신을 깊이 알아야 합니다. 그러기 위해서는 먼저 모든 것은 다 무너지는 것이며 헛되다는 것을 알고 적막한 외로움에 젖어야 합니다. 그리고 이것을 탄식하며 조용히 한숨짓는 심경에서 출발하여 이 허망함과 헛되다는 것의 깨달음을 철저히 자기 것으로 만들어야 합니다.

이와 같은 깨달음의 경지를 반야심경은 '색즉시공(色卽是空)'이라는 네 글자의 글로 설파해 주고 있습니다.

여기서 말하는 색(色)은 에로틱한 것이 아닙니다. 물질적 현상으로 존재하는 것을 가리키는 말입니다. 눈에 보이고 행태나 모습이 있는 모든 것을 말하는 것입니다. 우리의 눈에 보이고 모습이 있는 것은 반드시 무너지고 흩어지고 없어집니다. 영원성을 지니지 못한 일시적 존재가 바로 색(色)입니다. 우리가 눈으로 볼 수 있고 감각할 수 있는 모습을 지닌 모든 것은 잠시도 한 곳에 멈추는 일이 없습니다. 반드시 옮겨 가고 바뀌어지는 변화를 거듭하며 시간의 흐름 속에 그 모습은 무너지고 흩어지고 없어지는 존재라고 하는 것이 '색즉시공(色卽是空)'입니다.

눈에 보이는 것은 영원히 있는 것이 아니며 불변의 모습이 아님을 알고 그것을 부정하게 될 때의 쓸쓸하고 적막한 공허감으로 가득한 정감이 공(空)의 첫 번째 뜻입니다. 그러나 이와 같이 쓸쓸한 마음으로 모든 것에 헛됨을 느끼는 곳에 인간의 진보(珍寶)가 도사리고 있는 것입니다.

공즉시색(空卽是色)의 의미

색즉시공(色卽是空)은 모습이 있는 것을 부정하는 것입니다. 그러나 그것만으로 끝나버린다면 그것은 '허무사상'에 지나지 않습니다. 이 허무관마저도 다시 부정해서 넘어선 것이 바로 공즉시색(空卽是色)입니다.

모습이 있는 것에서 느낄 수 있었던 허무함을 그것마저도 다시 허무한 것으로 바라보는 것입니다. 보다 높은 경지의 긍정을 위한 일차적 부정의 다시 부정인 것입니다. 부정의 부정은 긍정입니다. 즉 다시 제자리에 되돌아온 듯 보일지도 모르지만, 두 개의 부정 이전의 색(色)과 이후의 색은 겉으로는 같아 보이지만 실제로 큰 차이가 있습니다.

"이 두 개의 부정을 넘어서서 인생을 바라보아야 한다. 그곳에는 틀림없이 새로운 천지의 풍광이 펼쳐질 것이다."

이렇게 가르침을 주는 것이 공(空)의 두 번째 뜻 공즉시색(空卽是色)입니다. 현대인들은 때로 허망한 허무감을 느낄 때가 있습니다. 그 허무감에서 무엇인가를 배우려 하지 않고 자신의 그 좌절감 같은 것을 남의 눈에 띄지 않게 하려고만 신경을 곤두세우고 있는 듯합니다. 그러므로 그대로 무기력하게 주저앉아 버리고 현실로부터 도피하기도 합니다.

스스로 생을 마감하는 생각을 하고 아무 의미도 없는 갖가지 행동을 하게 되는 것도, 이 허무감을 그대로 받아들이고 감당할 수 없게 된 사람들이 그것에 부딪쳐 폭발하고 다니는 충동적인 행동이라고 볼 수밖에 없을 것입니다. 이러한 행위는 허무감을 못 견디는 데서 오는 초조로움에 기인하는 것이라고 보아야 할 것입니다. 허무에서 오는 아픔을 깊이 받아들이는 자각이 없기 때문에 허무함에 잠겨 있지 못하고 행동으로 나타나는 것입니다. 그러기에 마음의 구원이 없고 구원을 받지 못하기 때문에 평안함이 없습니다. 평안이 없기 때문에 불안하고 초조해지는 악순환을 끝없이 되풀이할 수밖에 없게 되는 것입니다.

우리는 이곳에서 참된 허무가 무엇임을 알고 스스로 깊이 허무 속에 잠그고 그윽한 허무가 몸에 배어 그 허무함에서 진실을 느끼며 살아가는 '길'을 찾아야 하겠습니다.

현대사회의 경쟁적인 구조가 사람들을 초조의 도가니로 몰아넣고 있습니다. 하지만 그런 현실이기 때문에 그만큼 인간성과 정서의 지도(指導)가 그 어느 때보다도 절실하게 요구되는 시대라는 것을 실감하게 합니다. 인생의 허무함에서 진실을 느끼며 살아가는 길을 찾아가야 합니다.

허무와 환희와 고뇌와 공감

누구에게나 괴로운 추억이 있을 수가 있습니다. 가령 우리에게 정신적 깨우침과 사명감을 심어 주었던 스승이 어느 해 1월 1일 아침 갑자기 세상을 떠났다고 한다면, 해마다 돌아오는 새해 첫날이 인생의 덧없음을 다시 되새기며 스승의 명복을 빌어야 하는 기일이 되는 까닭에 결코 경사스럽거나 즐거운 날일 수 없게 될 것입니다.

죽은 사람들이
돌아오지 않는 이상
살아 있는 사람들이
무엇을 알아야 하나
- 쟝 따르즈의 시에서

그 사람이 살아 있었더라면 알 수도 느낄 수도 없었을 인생의 진실한 의미를 그 사람의 죽음에 의해서 알 수 있게 된다고 하는 깨우침이 이 짧은 시 속에 들어 있다고 생각지 않으십니까?

죽은 사람이 살아 있는 사람에게 무엇인가 가르쳐 줄 수는 없는 일입니다. 그렇다면 그 사람의 죽음을 통해 알게 된 이 깨달음은 누가 가르쳐 주었는가? 누가 알게 해 주었는가?

이 누구를 추구해서 찾아내는 것이 무엇보다 중요한 일입니다. 추구해 보면 결과적으로 자기를 파헤치고 자기 안에 있는 스스로의 깨우침이며 터득임을 알 수 있게 됩니다.

이것은 바로 자기 안에 깊이 묻혀서 잠겨 있던 진실한 자기 자신을 찾아서 만나게 되는 일임을 깨닫게 해주는 것입니다. 이 가르침은 현실의 헛됨, 허무함과 공허함을 철저하게 실감하는 것, 즉 '색즉시공(色卽是空)'-을 깊이 깨닫게 되면 현실에 사는 의미와 뜻을 충분히 자각할 수 있고 '공즉시색(空卽是色)'을 깨닫게 해 주는 것입니다.

모든 것이 허무한 것이고 속이 비어 있다는 사실은 반드시 죽음이나 이별과 같은 절망적인 장면에서만 느끼는 것은 아닙니다. 현대처럼 경제적으로 고도의 성장을 이루고 그 안에서 충족한 생활을 누릴 수 있는 사람들이라 하더라도 그런 생활을 계속하고 있다 보면 넘치고 남아돌아간다는 사실에서도 허무함을 느끼게 됩니다.

욕구불만, 즉 좌절감은 빈곤한 생활환경에서만 일어나는 현상이 아닙니다. 인간의 욕구는 얼마만큼 충족이 되어도 또 다른 욕구를 만들고 영원히 해소되지 않는 불만을 지니고 있는 것입니다. 심리학자들은 그것이 욕구와 욕망의 본질임을 지적해 주고 있습니다.

행복한 생활이 될 것이라며 끊임없이 노력하여 그것을 쟁취했지만 그래서 생활이 풍족해졌지만 생활이 어렵던 시절과는 또 다른 형태의 부족과 불만이 생겨나고 그것을 또다시 쟁취하기 위해 허우적거리게 되는 것입니다.

이러한 경우 우리는 스스로 자신의 마음을 바르게 비추는 정의롭고 슬기로운 눈으로 자신을 똑바로 지켜볼 필요가 있습니다. '풍요 속의 고뇌'와 같은 것이 자기 앞에 다가오리라고는 생각조차 하지 않았지만 실로 어처구니없는 일이지만 여기에 바로 현대인의 고민이 있습니다.

반야심경(般若心經)에서는 물심(物心)이 성할 때에 생기는 번뇌를 오온성고(五蘊盛苦)라는 말씀으로 표현하고 있습니다.

오온(五蘊)은, 물질과 육체를 뜻하는 색(色), 감각과 지각을 뜻하는 수(受), 개념구성(槪念構成)인 상(想), 의지와 기억(記憶)을 뜻하는 행(行), 순수의식(純粹意識)으로서의 식(識) 등 5가지의 집합체인 온(蘊·쌓을 온)이라는 의미로 쓰이는 말입니다. 사람의 몸과 마음을 이루는 이 5가지 요소가 성할 때에는 자연히 고통도 성하기 마련이란 뜻입니다.

자아(自我)에서 풀려난 자유

현대인들은 개인의 존엄이란 말을 실로 요란스럽게 내세우고 있습니다. 그러면서도 그 개인 자신이 실제로 존엄을 가지고 있는지 여부는 깨닫지 못하고 있는 듯합니다. 그리고 결코 크다고 할 수 없는, 어느 의미에서는 정녕 작은 존재일 수밖에 없는 자신을 중심으로 하는 다른 사람과의 관계를 생각하는 발상법 때문에 자기가 생각하는 자신의 주의와 주장만이 존엄인 것으로 생각해 버리는 위험이 있습니다. 그 때문에 걸핏하면 상대방을 적대시하고, 한 개인에 지나지 않는 자신을 중심으로 하는 에고이즘이 되어 버립니다. 이 '에고'를 불교에서는 자아(自我)라고 이름 지어 계율(戒律)의 말로 쓰고 있습니다.

그것을 반드시 지켜야 할 계율(戒律)로 삼은 이유는 자아란 언제나 고립적이며 폐쇄적인 존재이기 때문입니다. 그 벽을 타파하고 저마다 감옥 같은 '에고'의 틀에서 밖으로 뛰쳐나와 모두가 어울림의 공동의 공기를 마시며 타인의 슬픔이나 괴로움을 공감하지 않는 한 진정한 개인의 존엄은 있을 수 없는 것입니다. 이 자아(自我)를 중심으로 하는 생각이 무너져서 사라져 가도록

하는 것이 바로 그것을 허무한 것으로 인정하는 부정으로서의
공(空)입니다.

  현대의 생활방식은 공공주택이 늘어남에 따라 그 공간에 알
맞도록 생산된 획일적이고 규격화된 가구가 생산되어 나오기도
합니다. 이에 따라 현대인들의 생각하는 사고형식에도 규격형이
나오고 있는듯합니다. 나는 사람들에게 "모두 저마다의 좁은 방
에서 나와 넓은 마음의 광장으로 나가 보라."고 제창해 보고 싶
습니다.
  이런 의미에서 존엄은 결코 개인이 생각하는 속세의 존엄과
는 통할 수 없는 것이기 때문에 반야심경(般若心經)에서는 '무가
애(無罣碍)'라 하여, 인간이 번뇌를 하게 되는-권리와 명예와 물질
등-자신을 얽매는 모든 것을 마음속에서 없애라고 합니다.
  사회와 경제의 발전은 인간의 원점인 욕망을 지성과 이성에
의해서 승화시킨 결과라고 말하고 있습니다. 놀랄만한 경제발전
을 이룩한 현대에 있어서도 실제로는 그것으로 만족하지 못하
고 있는 것이 사실입니다. 이 세상에서 아무리 대단한 명예와 지
위를 갖고 풍요로운 생활을 누릴 수 있게 되어도 그것만으로는
만족할 수 없으며 더욱더 깊은 마음의 충족을 갈망하는 것이 바
로 인간의 인간됨을 말해 주는 증거입니다. 그 무엇으로도 채워
질 수 없는 욕망을 끊임없이 열망하는 존재가 인간인 것입니다.
  그 깊은 환락의 늪에 젖을 대로 젖고 나면 마음속에 서글픈 죄

책감이 피어오르는 것은, 그가 인간인 증거로서의 마음을 지녔기 때문입니다. 관능적인 즐거움은 자아를 만족시키지만 자아의 저 밑바닥에 있는 진실한 자기 자신은 허무함과 쓸쓸한 적막감을 느낍니다.

사실 시간과 금전만 있으면 누구든지 관능의 문제를 해결할수 있습니다. 하지만 그 즐거움이 지나고 나면 즐겁던 감정만큼 허무가 밀려옵니다. 자신의 마음속 저 밑바닥에 있는 참됨 인간성이 외치는 자신의 목소리를 조용한 침묵 속에서 들어 볼 필요가 있습니다. 그것만으로는 결코 진정한 기쁨을 느낄 수 없다고 외치는 소리가 자신의 귓전에 들려올 것입니다.

자아는 감정의 흐름에 따라서 쉴 새 없이 움직이고 변합니다. 우리는 이 자아를 자기 자신의 참모습인 것으로 알고 있는 경우가 많습니다. 하지만 이러한 자아는 단순한 에고이즘에 지나지 않습니다. 이 자아의 저 밑바닥에 있는 인간을 진실한 인간이게 하는 진정한 '자기 자신'이 있습니다. '자기 자신'은 자아와는 달라서 언제까지나 변하는 일이 없습니다.

자아에는 개인차가 있지만 자기 자신에는 개인차가 없으며, 모든 사람의 마음속 깊이 자리하고 있는 것입니다. 우리가 나 자신이라고 생각하고 있는 자아와 마음속에는 자기 자신이 공존하고 있는 것입니다.

이 자기 자신을 깨닫는 것이 불교에서 말하는 '자각(自覺)'입니다. 이 자각을 갖게 되면 참된 자유가 몸에 붙는다고 합니다. 세상에서 흔히 말하는 자유는 자아가 하고자 하는 대로 움직이는 것처럼 여겨지고 있는 것입니다. 그러나 실상 참된 자유는 이 자아로부터의 해방, 즉 자아로부터의 자유인 것입니다. 자아의 집착에서 풀려난 사람이야말로 참된 자유인입니다.

　자아의 욕망에서 해방되어 자유롭고 사람답게 살아갈 수 있는 길을 찾고 싶어서 현대인은 자기도 모르는 사이에 초조해지고 있습니다. 교양과 정신문화에 관한 책이 인기가 있고 각종 종교행사와 강연회 등 모임에 젊은 층의 청중이 많다는 사실이 그것을 반영하고 있습니다.

　'반야심경(般若心經)'의 첫머리에 '관자재보살(觀自在菩薩)'의 이름이 보입니다. 관음(觀音)을 가리키는 말이지만 우상은 아닙니다. 자재(자유)를 보는 위대한 인간성의 상징인 것입니다. 참된 자유를 얻어서 사람답게 살아가는 길을 찾고 바라는 우리 자신들의 상징입니다. 진실한 자유를 나타내는 관음(觀音)이야말로 현대인이 요청하는 깊고 너그럽게 사랑하는 마음을 갖는 인간상, 바로 그것입니다.

풍요는 공허를 안다

사람이 살아가는 데 필요한 물건이 부족할 때 욕구불만을 호소하는 것은 당연한 일입니다. 우리나라도 이제는 경제규모 세계 상위권의 선진국입니다. 이에 따라 잘 먹고 잘 입는 기초적인 욕구에 만족할 수 없습니다. 그 단계를 지나서 공허를 알 수 있게 된 것입니다. 옛날처럼 쪼들리는 일이 없이 얼마간 넉넉한 생활이 지속되면 될수록 소박하고 순진한 마음속의 진실이 그리워집니다.

어느 유치원 원장이 원아들에게 엄마의 모습을 그리게 했습니다. 그런데 어느 어린이가 그려낸 작품은 두 손과 두 다리가 없는 엄마의 그림이었습니다. 원장은 깜짝 놀랐습니다. 그 어린이의 어머니는 그런 사람이 아니었기 때문입니다. 원장은 그림을 그린 어린이의 설명을 듣고, 다시 한 번 동심의 세계를 새롭게 인식하는 계기를 얻었다고 합니다.

그 어린이의 집은 상당한 재력이 있는 집이었습니다. 가정의 체제가 전부 자동화되어 있기 때문에 그 아이의 엄마는 별로 손발을 움직이지 않도록 되어 있다는 것이었습니다. 그 그림은 바로 손과 발을 움직이지 않아도 되는 엄마를 상징한 어린이의 눈에 비친 엄마의 모습이었던 것입니다.

엄마는 가정을 편리하게 움직일 수 있도록 자동화하면 자녀들이 행복할 것으로 생각했지만 자녀 입장에서는 오히려 그것이 불만이라는 것을 몰랐던 것 같습니다. 아이들은 역시 엄마가 손과 발을 움직여서 보살펴주는 것이 필요했던 것입니다.

이 어린이의 엄마는 인간은 그저 배가 부르면 되고 춥지 않으면 되고 관능적인 문제가 해결되면 된다는 식의 '자아'의 만족만으로는 살아갈 수 없는 존재라는 것을 잊고 있었던 것입니다.

인간은 몹시 가난해서 생활고에 견디기 힘든 때에는 어디론가 아무도 안 보이는 곳으로 피하고 달아나고 싶기도 합니다. 그러나 생활이 풍족해져서 무엇 하나 아쉬운 것이 없고 힘들 것이 없게 되면 또 다른 욕구를 찾아 어디론가 훌쩍 떠나버리고 싶어집니다.

현대는 이 두 가지의 증발 희망자를 만들어 내고 있는 중입니다. 전자는 정치와 경제의 책임이라고 생각할 수 있을지 모르지만, 풍족한 세계로부터의 탈출은 자아의 현실적 만족만으로는 채워지지 않는, 보다 고차원적인 것을 열망하기 때문에 정치와 경제와는 별개의 문제입니다.

인간이 인간인 까닭에 받아야만 하는 이 공허감의 아픔을 벗어나기 위해서 석가는 풍요로운 삶이 보장된 왕의 자리를 미련 없이 버렸던 것입니다. '반야심경(般若心經)'의 원점이 바로 이곳에 있는 것입니다.

자립할 수 있게 된 경제성장의 밑바닥 깊숙이 소리 없이 뚫고 나가려는 만족에 대한 공허감과 어딘가 통하는 점이 있다고 생각하지 않으십니까?

증발하더라도 돌아오지 못하면

지금의 네팔 왕국 다라이 지방에 해당되는 히말라야산 기슭에 카필라바스투(Kapilavastu)라는 작은 나라가 있었습니다. 석가는 카필라바스투의 최고 통치자의 아들로 태어났습니다. 석가의 어렸을 때 이름은 싯달타라고 불렀습니다. 풍요로운 현실과 부귀영화가 보장되어 있음에도 한 마디로 석가도 역시 자기의 생활 환경에서 증발해 버릴 것을 계획했고 그것이 성공한 것이라고 말할 수 있습니다. 석가는 태어난 지 얼마 안 되어서 어머니를 여의었기 때문에 자애로운 어머니의 모습도 따뜻한 품도 모르고 자랐습니다. 일찍이 어린 나이에 맛보아야만 했던 덧없는 인생, 즉 무상(無常)의 실감은 성장하고 장성함에 따라서 더욱더 심각의 도를 높여 갔던 것입니다. 그러나 그것만으로 집을 버리고 뛰쳐나간 것이 출가한 원인의 전부라고 생각할 수는 없습니다.

그는 스포츠에도 매우 뛰어난 실력과 솜씨가 있었습니다. 그래서 태자비 야쇼다라(Yasodahra)를 아내로 맞아들일 때에도 라이벌을 훌륭한 솜씨로 이겨냈고 학문도 깊이 파헤쳐서 이미 상당한 경지에 올라 있었던 우수한 청년이었습니다. 아름다운 태자비와의 사이에는 '라후라'라는 귀엽고 사랑스러운 왕자까지 태어나서 그야말로 행복하고 즐거운 생활이었던 것입니다. 아무리 작은 나라라고 하더라도 최고 통치자의 맏아들이었던 만큼 그 나라의 누구보다도 훨씬 높은 수준의 생활을 즐길 수 있었을 것입니다.

여기서 우리는 인간이 지니고 있는 가장 소중한 문제를 찾아볼 수 있습니다. 인간의 모든 본능이 하고 싶은 대로 충족되면 처음에는 그 충족에서 즐거움을 느낄 수 있습니다. 그러나 그 충족이 육신에 한정되고 물질적인 것일 경우, 욕망이 채워지면 채워질수록 허전하고 허망한 것을 깨닫게 됩니다. 또한 쓸데없는 짓을 한 것 같이 부질없어지는 무의미한 것에서 인생 전반에 걸친 커다란 회의를 갖게 되는 것입니다.

이 텅 빈 마음속 깊은 곳의 허전함을 메워 주고 채워줄 수 있는 진실한 것이 틀림없이 어딘가에 있을 것임을, 참다운 만족, 영원한 기쁨이 분명히 어딘가에 있다는 것을 석가는 절감하게 되었던 것입니다.

현대인은 갖고 싶은 것을 욕망대로 가져 볼 수는 있었지만 뚜렷한 의식을 갖지 못한 채 동시에 무어라고 형언할 수 없는 답답함을 느끼며 그런 상황에서의 탈출, 새로운 인생을 찾아가지 않고서는 배겨낼 수 없는 인간혁명의 기운이 움직이기 시작하고 있는 것입니다.

싯달타는 그래서 증발했지만 세상을 외면하지 않았습니다. 석가는 다시 돌아와 인간도 초목도 날고 기는 조수와 같은 짐승까지도 모두 살려 주는 깨끗하고 맑은 생명의 물이 되어 그들 속에 흘러 들어오고 촉촉이 적셔줄 수 있었던 것입니다.

우리도 무엇인가의 의미를 깨닫고 증발해서 떠나고 싶다면, 일방통행의 외길로 가지 말고 반드시 되돌아와야 합니다. 다시 돌아오는 곳에 인생의 소중한 의미가 있기 때문입니다.

현대는 자기·자아·공·명·암, 즉 물질과 육신의 욕망에서 완전히 해방되어 자유자재로 살아갈 수 있는 인간으로서의 자기 자신과, 그러한 욕망에 사로잡혀 헤어나지 못하는 자아의 덧없고 허무한 마음과 밝음과 어두움이 복잡하게 엇갈리고 뒤얽혀 있습니다.

이 시대를 살아가야 하는 우리에게 가장 먼저 필요한 것은, 눈 앞의 사실과 현상을 명확하게 인식하는 것입니다. 주의(注意)와 주장에 사로잡히거나 개념이나 관념에 얽매이는 일이 없이 자유롭고 바르게 그것을 볼 수 있어야 한다는 것입니다. 그러기 위해서는 눈을 뜨고 대상을 보는 것만으로는 충분하지 못합니다. 진정 아름다움을 보는, 마음의 시력을 키우는 것이 중요합니다. 이와 같이 자유롭고, 그러면서도 깊은 사랑이 넘치는 눈의 기능이 인간의 몸속에 들어 있다는 것을 석가는 깨닫게 된 것입니다. 이 기능을 누구의 눈에도 보일 수 있도록 상징적으로 나타내어 보여준 것이 관음(觀音)입니다. 관음은 석가가 깨닫게 된 마음의 일부를, 형체를 갖추어서 형상으로 나타낸 것입니다.

　석가께서 이 관음을 통해서 설법하신 것이 반야심경(般若心經)입니다. 반야심경에는 이와 같이 스케일이 크고 환상적인 동시에 현실과 밀접하게 연결되어 있는 극적인 구성을 느끼게 하는 가르침이 담겨 있는 것입니다.

　전문 260문자로 된 이 단편의 경전은 우리에게 많은 것을 깨닫게 해 주고 있습니다. 이 가르침이 담긴 경(經)에 대해서 우리는 다만 글자의 뜻을 풀이하는 데 그치지 않고, 참선·수도의 길이 트이는 경지와도 통하는 공감지대를 찾아 떠나보도록 합시다.

　인간은 극한 상황에 몰리면 우선 급한 처지를 넘어서기 위한 새로운 길, 즉 창조적 방향을 모색하려고 합니다. 일상생활에 있어서도 길이 막히면 미처 생각하지도 못했던 새로운 국면을 찾아내는 것입니다. 물자가 부족하면 그것에 대처할 수 있는 것을 만들어 냅니다. 정신적으로 몹시 고통스러운 처지에 놓이면 그 자체에서 하나의 뜻있는 의미를 발견하기도 하고 더 나아가서 스스로 쉬게 하는 평안한 마음을 창조하기도 합니다. 이 창조성이 인간의 마음속 깊은 밑바닥에 묻혀 있다는 것을 믿고 이것에 눈을 떠서 더욱더 개발해 나가야 합니다. 이 창조성의 기능도 반야심경(般若心經)의 관자재보살(觀自在菩薩)에 상징적으로 나타나 있습니다.

부처란 진실한 인간성을 의미한다

기계문명이 발전하면 할수록 생활도 기계화되고 획일화되어 오히려 자유와 창조의 기쁨은 감소되어가는 것을 느낄 수 있습니다. 마음속 깊은 밑바닥에 있는 무한한 창조성에 깊이 통달하게 될 때, 우리는 자신의 둘레나 자신 속에 참된 것과 착한 것 아름다운 것 그리고 거룩한 것이 있음을 볼 수 있게 될 것입니다. 또 그러한 것들을 참된 의미에서 살려 주고 있는 커다란 생명을 응시할 수 있게 될 것입니다.

이 눈은 반야심경(般若心經)의 주인공인 관자재보살(觀自在菩薩)의 눈에 상징되어 있습니다. 이 눈은 우리의 마음속에 태어나기 전부터 묻혀 있었음을 이렇게 깨우쳐줍니다.

'관자재보살이란 다른 사람이 아닌 바로 그대 자신인 것이다'

한 밤을 꼬박 뜬 눈으로 새우며
부처의 길을 찾아 헤매었으나
그것은 원래
나의 마음속 깊이 들어 있지 않았던가.

이렇게 읊었던 큰 스님이 있었습니다. 그리고 본래 부처란 세상에서 흔히 말하는 것처럼 죽은 사람이나 불상이 아니며 살아 있는 사람의 진실한 인간성을 가리키는 말입니다. 따라서 자기 안에 스스로 깊숙이 헤치고 들어가서 진실한 인간성을 개발하는 것이 반야심경의 마음입니다. 여기서 우리는 이 경전과 현대인과의 대화가 통하는 넓은 접촉의 장소를 찾을 수 있습니다.

2,500여 년 전 인도 중부지방에서 탄생한 옛 경전이 현대에 이르기까지 조금의 변화도 없이 오히려 더욱더 새로운 빛을 던지는 비밀이 그 안에 영원의 생명으로 숨 쉬고 있었던 것입니다.

《반야심경(般若心經)》을 '불마의 경전'이라고 하는 것도 이런 뜻에서 입니다.

제1장 / 심(心)과 마음

어떻게 심경을 읽을 것인가

사람은 원래 깨끗한데 모두 인연에 따라
죄와 복을 부르는 것이다.
어진이를 가까이하면 도덕과 의리가 높아가고
어리석은 이를 친구로 하면 곧 재앙과 죄가 따른다.
저 종이는 향을 가까이해서 향기가 나고
저 새끼줄은 생선을 꿰어 비린내가 나는 것과 같다.
사람은 다 조금씩 물들어 그것을 익히지만
스스로 그렇게 되는 줄을 모를 뿐이다.

심경의 정수는 10문자의 경전 제목에 있다

불교 경전의 최장편은 '대반야경(大般若經)'이며, 그 정수를 뽑은 것이 '반야심경(般若心經)'입니다. 이 경전은 지금까지 많은 학자들에 의해서 번역되었고 우리나라에도 몇 권의 해설 판이 나와 있습니다.

고대 인도의 표준적 문장어인 산스크리스트의 원전에 애초부터 경(經)의 명칭이 붙어 있었던 것은 아닙니다. 원문의 말미에 '반야바라밀다심 끝나다'라고 되어 있는 것을 한문으로 번역한 사람이 첫머리에 '반야바라밀다심경'이라는 제명으로 했다고 불교학자들은 말하고 있습니다.

불과 260자의 '반야심경(般若心經)'의 글자마다 부처의 생명이 약동하고 있습니다. 그리고 '마하반야바라밀다심경'이란 10자의 경전 제목에 그 정수가 잘 표현되어 나타나 있습니다.

옛사람들은 이 경문의 제목을 경건하게 받아들여 '반야바라밀다'를 배우는 것이야말로 석가의 가르침, 즉 불교를 배우는 것으로 생각했던 것입니다. 또한 그것을 정확한 파악이라고 하지 않을 수 없습니다.

원전에 없는 경전에 제목을 붙인 사람은, 중국의 삼대 기서 중 하나인 《서유기(西遊記)》에 등장하는 삼장법사 현장입니다. 그의 불교 지식과 깊은 신앙심으로 경전 연구에 파고들어 사색에 사색을 거듭한 끝에 짜낸 결실이라는 것을 생각할 때마다 현장 스님의 수고를 감사하게 생각하지 않을 수 없습니다. 이 경전을 배우는 것이 얼마나 소중한 일인가 하는 것을 충분히 깨닫고 확인해 주기를 바랍니다.

마하(摩訶)는 초월(超越)의 뜻이다

'마하', 만화영화를 보고 있으면 요트를 타고 달리던 탐험대의 목표인 커다란 섬이 갑자기 없어지는 것을 보게 됩니다.

탐험대장은 놀람에 망원경을 떨어뜨리면서 외칩니다.

"마하 이상!"

이 탐험대장은 알고 있는지 모르지만, 마하(摩訶)는 범어, 즉 산스크리스트어의 마하(maha)이며, 앞서 말한 '마하반야바라밀다경'의 마하는 음사, 즉 한문자의 소리로 외래어를 나타낸 마하(maha)를 적당한 번역어를 찾지 못해 그대로 옮겨 쓴 것에 지나지 않습니다. 결코 이상하다든가 미스터리와 같은 경전 또는 경문이라는 뜻이 아닙니다.

마하(摩訶)는 커다란 모습 뛰어난 모습 때로는 많은 것 모든 것을 포괄하는 말이었으나, 일반적으로는 커다란 것 커다란 모습의 의미로 쓰이고 있습니다. 그러나 이른바 라지 사이즈나 엑스라지와 같은 비교나 형용은 아닙니다. 이것은 언제 어느 곳에서나 항상 충만함으로 존재하며 가득 넘쳐 있다는 의미입니다. 때문에 다른 것과 비교해서 가치부여로 받아들이면 마하(摩訶)는 다른 무엇으로도 대치할 수 없는 천하일품의 어감을 상실하게 됩니다.

이 마하(摩訶)는 끝내 적당한 번역어가 없기 때문에 부득이 번역자인 삼장법사 현장도 원어 그대로 남겨 둘 수밖에 없었던 것 같습니다. 번역하는 입장에서 외국어를 그대로 쓰고 싶은 마음은 없겠으나 다른 어떤 말로도 대치할 수 없는 원어를 그대로 후세에 전할 수밖에 없었던 것입니다.

이것만으로서 그 의미를 파악하기가 어려우므로 필자는 현대인의 이해를 돕는 뜻에서 표현을 바꾼다면 '초월적 실존'이라는 말을 생각해 볼 수 있을 것 같습니다. 여기서 말하는 초월(超越)은, 시간과 공간, 가로와 세로의 틀이나 한계를 벗어나서 언제 어디서 누구에게나 실제로 존재한다는 것입니다. 또한 자기 자신의 내부에 있으며 동시에 밖에도 있다고 하는 의미의 초월(超越)입니다.

이와 같은 초월적 존재가 있다는 것을 누구나 다 의식할 수 없을 것이므로 무의식적 실존(實存), 다시 말하면 의식하고 있지는 않으나 분명히 실제로 존재하고 있는 것이라고 말할 수 있을 것입니다.

이것을 오스트리아의 정신 학자 프랑클은 '초월적 무의식'이라고 말하고 있습니다. 프랑클을 소개한 학자들은 다음과 같이 말하고 있습니다.

"프랑클은 인간의 깊은 의식의 층 속에 이 무의식의 층이 있음을 발견하고 그것을 '초월적 무의식', '종교적 무의식'이라고 말하고 있다. 그것은 누구나 지니고 있는 부처가 될 수 있는 성질, 즉 불성(佛性)의 마음이 아니겠는가. 프랑클의 깊은 사색은 여기까지 도달했던 것이다."

부처가 될 수 있는 마음이 이렇게 누구나 태어나면서부터 타고 난 성품으로 지니고 있기 때문에 마하적(초월적) 존재라고 말하는 것입니다.

좁은 계곡을 따라 흐르는 개울물에서 어느 시골마을의 처녀가 채소를 씻고 있었습니다. 개울물이 빠르게 흐르고 있기 때문에 떠내려가지 않도록 채소가 든 대바구니를 물속에 잠기게 하고 씻고 있었습니다. 채소를 다 씻고 나서 대바구니를 물속에서 건져내는 순간 대바구니 속의 물이 눈부신 햇살을 받아 반사하면서 바구니 밖으로 흘러 떨어졌습니다. 그것을 보면서 시골처녀는 문득 머리에 떠오르는 것이 있었습니다.

'대로 짠 바구니이기 때문에 물속에 담그면 당연히 바구니 속으로 물이 들어와 있는 것이다. 반면에 바구니 속에 물이 있다고 하는 것은 물이 바구니를 밖에서 에워싸고 있기 때문이다'

이것은 직접 바구니를 물에 담가 보면 더욱 명확하게 이해할 수 있을 것입니다. 이 바구니의 안에도 밖에도 같은 물이 있는 것처럼 나 자신의 안팎에도 육안으로 보이지 않는 무언가 '같이 있는 것이 있다'고 하는 것이 초월의 한 의미가 되는 것입니다.

독일의 시인 괴테가 이런 말을 했습니다.

"나의 내부에 신이 없었더라면, 어떻게 하늘의 신을 볼 수 있을 것인가."

그러나 신의 실존은 우리의 눈이나 귀와 같은 오관으로 짐작할 수 있는 대상이 되지 못합니다. 그래서 17세기의 한 수도자는 다음과 같이 말하고 있습니다.

"마하(摩訶)는 끝없이 크다. 그러나 육안으로 볼 수 있는 몸, 즉 모습이 없다."

이렇게 정의하고 있습니다.

몸이 없기 때문에 모습이 없으며, 고정된 형태가 없고 고정되어 있는 것이 아니므로 어디에나 있습니다. 형태가 고정되어 있는 것은 오히려 때와 장소의 제한을 받습니다. 공기는 책상 밑에도 호주머니 속에도 서울에도 미국에도 얼마든지 있습니다. 몸이 없기 때문에 보이지는 않으나 시간과 공간을 넘어서 초월해 있는 존재이기 때문에 마하(摩訶)인 것입니다. 내가 지금 쓰고 있는 볼펜은 눈에 보이는 존재이기 때문에 현재 이곳에 한해서 한정되어 있는 것입니다. 눈에 보이는 모양이나 모습이 없는 것은 시간과 공간의 제약을 받는 일이 적고, 모습이 있는 것이 그 제약을 받는 일이 많다는 것은 바로 이런 의미에서 입니다. 허공-

아무것도 없는 공간-과 비슷하지만 그 허공이라고 하는 개념의 한정도 넘어섭니다.

이렇게 마하(摩訶)는 신비적인 존재가 아니며 모든 것을 초월해 있는 무의식 속의 실재, 즉 실재로 있는 것입니다. 다시 말하면 사람이 알고 있는 모든 것에 그 자체의 가치를 지니고 제 구실을 하게 하는 생명입니다.

우리는 여기서 이 수도자가 말한 "마하는 끝없이 크다. 그러나 육안으로 볼 수 있는 몸이 없다, 즉 모습이 없다"는 말을 다시 한 번 음미해 봅니다.

어리석음을 무릅쓰고

　어느 날, 수도 선사에게 늙은 비구니가 찾아와서 손에 들고 있는 반야심경의 강해서를 내밀며 간청했습니다.

　"스님, 저는 배우지 못한 데다가 이렇게 노인이 되어버려서 이 책을 아무리 읽어보아도 이해하지 못하겠습니다. 부디 나 같은 노파도 이해할 수 있도록 알아듣기 쉽게 반야심경 이야기를 좀 해주십시오."

　수도 선사는 노파의 이야기를 듣고 측은한 마음이 들었습니다.

　"그럼, 소승의 어리석음을 무릅쓰고 말씀해 드리겠습니다."

　수도 선사는 반야심경의 한 구절마다 노파가 쉽게 이해가 되도록 일상적인 쉬운 말로 설명해주었습니다. 선사는 '어리석음을 무릅쓰고'라고 했지만 오늘에 이르기까지 이보다 더 적절하게 풀이한 강해서는 없습니다.

　수도 선사는 이와 같이-어리석음을 무릅쓰고- 경건한 마음으로 '마하반야바라밀다심경'의 제목에 쓰인 글을 하나씩 하나씩 정성껏 설명했습니다. 그리고 본문 첫머리에 자신이 설명하는 말은 '마하반야바라밀다심경'이라고 하는 경전 제목의 뜻을 설명한 문장에 지나지 않는다는 것을 분명히 밝혀 주고 있습니다. 이것을 보면 옛사람들이 반야심경의 제목 10자를 얼마나 중요하게 여겼던가를 알 수 있습니다.

옛 선인들은 반야의 뜻을 다음과 같이 풀어서 이해하고 있습니다.

대품반야는 봄날의 물,
죄장의 얼음이 풀리고 나면
만법공적의 물결이 일고
진여(진리)의 언덕으로 몰리어 간다.

반야심경의 모체는 대품반야입니다. 반야경에 풀이되어 있는 내용을 한 마디로 하면, 이제부터 차례차례 공부하게 될 가르침은 결국 공(空)에 도달합니다. 이 공(空)에 대해서 현대인은 학문의 도움을 빌려서 표현하지만, 옛사람들은 단 한 마디 공(空)이란 말로 그것을 표현하고 있습니다. 후세의 우리는 그들의 사색과 학문적인 노력에 감복하면서 분발하지 않을 수 없습니다.

반야는 범어, 즉 산스크리스트어로 프라즈냐(prajna), 팔리어로는 판냐(panna)라고 합니다. 팔리어는 석가의 만년의 가르침이 서방으로 펼쳐짐에 따라서 성전용어가 된 것입니다.

이 팔리어의 판냐(panna)를 소리로 옮겨 써서 반야라는 글자로 맞추고 그 뜻을 지혜라고 풀이합니다. 지혜와 지식은 분명히 다른 뜻이지만 흔히 동의어로 다루어지기도 하고 특히 요즘 쓰이는 생활의 지혜 같은 새로이 등장하는 말들과 구별하기 위해서 '반야의 지혜'라고 특기하기도 합니다.

한문으로 번역할 때 당시의 번역가가 이 혼란을 두려워해서 영원한 진실의 생명, 진리를 깨닫는 예지를 원어의 발음 그대로 옮겨 써서 '반야'의 명사를 다른 말로 바꾸지 않는 것입니다.

반야는 과연 어떠한 지혜를 의미하는 말일까요?

오늘의 용어로 한다면 이성(理性)이란 말을 생각할 수 있습니다. 매우 깊은 의미에 있어서의 이성입니다. 왜냐하면 반야는 불모(佛母), 즉 부처의 어머니라고 불려질만큼 모든 불교사상을 만들어 내는 기반이며 모든 존재의 근원이라는 의미의 이성(理性)이기 때문입니다. 또는 모든 존재하는 것의 원점이라고 해도 틀린 말이 아닙니다.

석가의 가르침에서 볼 때 모든 원점은 공(空)입니다. 이 모든 존재의 원점인 공(空)을 이해할 수 있는 정신의 기능이 곧 반야의 지혜입니다. 바꾸어 말하면 최고의 진리의 인식이라는 뜻입니다. 마하(摩訶)는 모습(몸)이 없이 충만해 있기 때문에 '커다란' 의미를 지니고 있으며 오늘의 말로는 초월적 실재라고 표현할 수 있음을 지적한 바 있습니다.

수도 선사는 반야심경의 풀이에서 다음과 같이 말했습니다.

"마하는 끝없이 크다. 그러나 우리가 볼 수 있는 몸이 없는 것을 말한다."고 했으며 이어서 반야에 대해서 "반야는 아무것도 없는 곳에서 나오는 지혜를 말한다."

그렇다면 몸이 없는 것이 마하(摩訶)이므로, 이 마하에서 나오는 지혜가 바로 반야의 지혜인 것을 알 수 있습니다. 마하는 모든 존재의 원점인 공(空)의 형상이며 반야는 공의 모습이기 때문에 같은 뜻의 말입니다. 혹은 마하(摩訶)를 반야(般若)라고 이해해도 틀린 말은 아닐 것입니다.

깜박일 수 없는 슬픔의 상징

세상에는 수 없이 많은 종류의 탈이 있습니다. 그중에서 반야의 탈이 있습니다. 탈을 만들어낸 반야방이란 명인의 이름에서 붙여진 탈의 명칭입니다.

탈의 그 무시무시한 표정은 슬픔과 노여움을 모두 가슴에 지닌 인간 마음의 동요를 탈의 얼굴에 나타낸 것입니다. 이것은 슬기로운 지혜의 마음이 가려진 역현상의 표현이지만 단순히 그것에 그치지 않고 그 탈을 보는 사람들에게 노여움과 슬픔이 얼마나 인간 본래의 인간성을 가려 어둡게 하는 것인가-하는 것을 생각하게 합니다.

가면의 노여움의 표정은 모든 인간의 노여움이, 다시 말하면 자신의 노여움이 투영되어 있습니다. 즉 자신의 모습을 자신에게 보여 주고 있는 것이라고 생각하는 마음, 즉 반야의 지혜를 뒤집어서 알려주고 있다는 것입니다. 반야의 탈에는 그와 같은 염원이 담겨 있습니다.

우리나라에도 레스토랑 극장이 있습니다. 그곳에서는 외국 관광객을 위한 노래와 춤이 공연됩니다. 그곳에서 아름다운 무

희가 춤을 추면서 전혀 눈을 깜박이지 않는 것이었습니다. 공간의 한 지점만을 응시하면서 춤을 추는 것입니다. 춤이 끝난 뒤에 어떻게 처음부터 끝까지 눈을 한 번도 깜박이지 않느냐고 물어보았습니다. 무희는 "깜박여서는 안 됩니다"라고 말하며 깜박이지 않고 눈을 최대한 크게 뜨고 있는 연습을 오랫동안 연마해야 한다는 것이었습니다.

'눈을 깜박이면 안 되는 것이 아니라 깜박일 수 없는 것이다. 왜냐하면 눈을 깜박이면 눈물이 자꾸만 흘러내려서 춤을 출 수 없게 되기 때문이다.'

인간은 울어서는 안 될 때에는 되도록 눈을 크게 뜨면서 버팁니다. TV나 연극을 보면서 슬픈 장면이 나오면 자신의 울고 있는 모습을 사람들에게 보이지 않으려고 애써 눈을 크게 뜨는 경우가 있습니다. 영화는 장내가 어두우니까 가만히 손수건을 꺼내서 눈물을 닦을 수 있지만 밝은 곳에서는 그것이 안 되기 때문에 눈에 힘을 주어 크게 뜨는 것입니다.

이 느낌을 탈에 그려낸 것이 반야의 탈입니다. 슬플 때 노여울 때 눈에 힘을 주어 크게 뜨는 것입니다.

노여움이란 무엇인가? 슬픔이란 무엇인가? 그 원점을 바라보는 것-응시하는 것-이 반야의 지혜라고 생각합니다.

우리나라 승려들은 술을 곡주(穀酒)라고 합니다. 승려의 은어이지만 참된 지혜의 눈을 뜨지 못하게 어지럽히는 것이 또한 곡

주입니다. 술은 사람을 취하게 하고 여러 가지 복잡한 문제를 일으킵니다. 불교에서는 무명(無明)의 함정으로 보는 것입니다.

이 무명의 술에 취해서는 안 되는, 그 술에 취한 슬픈 마음을 감추기 위해서 곡주(穀酒)라고 부르게 된 것 같습니다. 그런 의미에서 생각해 보자면, 반야의 지혜가 가려지고 어지럽혀진 슬픔을 자각하는 것이 인간에게 주어진 숙제인 것입니다. 그래서 옛 사람들은 이렇게 노래했습니다.

대품반야는 봄날의 물,
죄장의 얼음이 풀리고 나면…

죄업에 의한 성불의 장애로 인한 괴로움이나 헛된 망상에 사로잡혀 진리의 어두운 술에 취하면 마음은 얼음처럼 굳어서 닫히게 되지만, 반야의 지혜의 빛을 만나면 풀려서 따뜻한 봄날의 물처럼 흘러가게 됩니다. 물은 언제나 흘러내리기를 바라지만 추위를 만나면 얼어서 굳어지는 것은 어찌할 수 없습니다. 다만 그것이 빨리 녹을 수 있는 연(緣)을 만나고 싶어 하는 것이 아니겠습니까?

경(經)을 외우면
죄도 업장도 봄처럼 내리며
녹아지는 마음이 된다.

추운 겨울이 되면 눈이 내리는 것은 각오하고 있으나 원컨대 부디 봄눈처럼 내리며 녹아서 쌓이는 일이 없기를 바라는 마음을 나타낸 노래인 것입니다.

살아 있는 한, 잘못과 괴로움이 많은 것은 어찌할 도리가 없지만 아무쪼록 봄날의 물이 얼음을 녹여주듯 지체 없이 인간의 고통을 덜어 주는 해빙(解氷)의 봄날이 속히 오기를 바라는 것입니다. 얼음과 물은 다른 성질의 것이 아니며 현재 처해있는 환경, 수분의 상태가 다를 뿐인 것입니다.

아무것도 남지 않는 부정

만법공적(萬法空寂)의 물결이 일고
진여(眞如; 진리)의 언덕으로 몰리어 간다.

만법이란 일체의 존재를 말하는 것입니다. 일체의 존재가 공
(空)이라는 제1차의 부정이 '공적(空寂)'입니다.

지금부터는 심경의 본문, 즉 학문적 내용을 살펴보도록 하겠
습니다. 여기서 만약에 모든 것을 허무한 것, 즉 공(空)으로 부정
해 버리면 그것은 허무로 되어버리고 만다는 것을 잊어서는 안
됩니다.

허무주의자(虛無主義者 Nihilism)로 불리는 사람들은 제1차의 부
정에서 그쳐버리고 말기 때문에 모든 것이 헛되고 공허하게만
느껴져서 살아갈 의지를 잃어버리는 것입니다. 렌즈에 비유한다
면 단지 한 개의 볼록렌즈만으로 외계를 보는 것과 같습니다. 모
든 것이 거꾸로 보이는 것입니다. 이것은 착각이 아니라 거꾸로
된 인식, 즉 뒤집어서 엎어놓은 인식이므로 도각(倒覺)이라고 합
니다.

첫 번째 부정은, 자기를 중심으로 하는 작은 사색을 말살하는 것입니다. 인식을 얻기 위해서는 이 렌즈를 한 번 통과해야 합니다. 여기에 머물러서 그대로 만족하고 있으면 제로, 즉 영(0)의 세계밖에는 보지 못합니다. 여기서 다시 또 하나의 볼록렌즈를 보아야 합니다. 이것이 제2차 부정입니다. 거꾸로 보이던 모습이 다시 반전해서 본래의 모습이 됩니다.

모습 그 자체에는 변함이 없으나, 첫 번째와 두 번째의 볼록렌즈를 통해서 나타나는 모습이기 때문에 분명히 같은 모습이지만 같은 모습이 아닌, 먼 곳을 포괄적으로 바라보는 것이 있을 것입니다. 부정한 것을 다시 부정하는, 부정의 부정은 결국 보다 높은 차원의 긍정이 됩니다.

제1차의 부정에서 자기중심의 생각, 즉 나만의 집착을 부정했지만 이 부정하는 것 그 자체를 또 부정하지 않으면 부정에 사로잡혀서 공(空)의 본래의 성질을 배반하게 됩니다.

모든 있는 것, 즉 존재를 허무한 것으로써 부정하고 이러한 자신까지도 공(空)으로 부정하지 않으면 안 되는 것입니다. 허무한 공(空)이라 하여 부정되었던 공(空)도 실은 공(空)이라고 하게 되었을 때, 거기에는 이제 다시 부정되어야 할 아무것도 남아 있지 않습니다.

부정의 부정인 까닭에 이것을 '절대부정'이라고 합니다. 절대부정의 결과는 자신을 비롯한 모든 존재가, 이제 그대로의 참된 존재로서 마음의 화면 가득히 부활해서 살아나오는 것입니다.

반야의 지혜는 이와 같은 구조로 더욱 노력함으로써 다시 얻어지고 또 얻어지는 것입니다. 그 누구라도 긴 시간을 두고 열심히 노력해야 알게 되는 내용을 반야(般若)라는 단 두 글자로 포괄하고 있다는 사실에서 경전의 이름이 얼마나 큰 중량과 의미를 지니고 있는 것인가를 알게 되는 것입니다.

앞의 시에서, 이 반야사상을 '만법공적의 물결이 일고'라 하여 공적의 고요함마저도 '물결이 일고'라는 말로 부정해서 공적에 머물러 있는 것을 물리치고 경계하는 자세는 문학적 표현 능력만으로 이루어지는 것은 아닙니다.

공(空)의 사상을 잘 이해하고 체득해서 그것을 확신하고 있는 신념의 경지에서만 비로소 가능하게 되는 표현이므로, 그와 같은 마음의 경지가 얼마나 뛰어나게 훌륭한 것인가에 감탄하지 않을 수 없습니다.

더욱이 공적의 물결이 잇달아 '진여(진리)의 언덕으로 몰리어 간다'고 노래한 진여의 언덕은 경전 제목의 '바라밀다'를 말하는 것이며 동시에 경전 본문의 끝 부분에 나오는 '주(呪)-진언(眞言)'까지 지향하고 있습니다.

물은 방원(方圓)의 그릇에 따른다

바라밀다(波羅蜜多)-반야바라밀다라고 이어지는 '바라밀다'도 범어의 파라미타(paramita)를 소리 나는 대로 옮겨 쓴 것입니다.

불도(佛道)를 수행하는 사람이 실천해야 할 덕목을 총칭해서 '바라밀다'라고 하며 이 덕목을 실천함으로써 깨달음 즉 해탈의 저편 언덕에 도달할 수 있기 때문에 피안-저편 언덕에 도달한 상태를 가리키고 있습니다. 진여의 언덕으로 몰리어 간다고 노래한 연유가 여기에 있습니다.

앞서 노파에게 반야심경을 설명한 수도 선사는 다시 바라밀다에 대해서,

"바라밀다, 즉 마하에서 나오는 지혜는 어디에도 머무르지 않으며 멈추지 않는 것"이라고 짧게 풀이해 주었습니다. 머무르지 않고 멈추지 않는 것이 근본 뜻이며 그 주어는 '마하(摩訶)'에서 나오는 지혜입니다.

수도 선사는 마하·반야·바라밀다로 토막토막 받아들이지 않고, 마하(摩訶)는 '공(空)'의 본체이며 반야(般若)는 '공(空)'에도 사로잡히지 않는 모습이다. 그리고 공(空)이 지니고 있는 자유의 기능

과 실천이 '바라밀다'라고 하였습니다.

그 실천은 어디까지나 머무르지 않고 멈추지 아니하는 것이며 작은 자신의 존재에 사로잡히지 않고 작은 감정이라도 걸리는 일이 없는, 자유자재의 활동이며 실천인 것입니다.

슬플 때에는 한껏 울어버리지만 결코 그 슬픔에 떨어지거나 젖어버리지 않고, 즐거울 때에는 기뻐하지만 그렇다고 그 즐거움을 언제까지나 틀어잡고 있으려고 하지 않습니다. 그것은 슬픔과 즐거움을 부정하고 다시 그것을 부정함으로써 비로소 얻어지는 자유입니다.

우리는 '자유'라는 말을 흔히 씁니다. 그러나 다른 편의 제약이나 제압을 뿌리치고 자유가 되는 것도 어려운 일이건만, 한 걸음 더 나아가서 자신의 감정이나 본능의 지배를 받지 않고 욕망으로부터 자신을 해방해서 바르고 자유롭게 행동하는 것은 더욱 어려운 일이므로 수련이 필요하게 되는 것입니다.

다른 사람으로부터가 아니고 자기 자신이 스스로 자유롭게 되는 것을 불교에서는 대자유·대자재라고 하며, 이 자유를 얻는 사람을 자유인이라고 부릅니다. 부처란 바로 자유인을 말하는 것입니다.

이 자유를 물에 비유하면 뜻이 더욱 선명해집니다. 얼음의 본질은 물이지만 동결되어 얼어붙은 물에는 자유가 없습니다. 물은 방원(方圓)의 그릇에 따른다고 해서 어떠한 그릇에 넣어도 그릇의 모양과 형태대로 구애받지 않고 가득 채울 수 있습니다. 그러나 얼음에는 그러한 물의 자유도 관용도 허락되지 않습니다. 머물러 있는 물은 얼어붙습니다. 겨울철에 수도를 얼지 않게 하기 위해서 물을 조금씩 흘러내리도록 수도꼭지를 열어 두는 생활의 지혜가 필요한 것처럼, 수도 선사는 일찍이 반야심경 풀이에서 '머물러서는 안 된다. 부디 멈추지 말도록 해야 한다'는 염원을 담아서 '어느 곳에도 머무르지 아니하고, 멈추지 아니하는 것'이라고 일러 주었던 것입니다.

흔히 번뇌(몸과 마음을 어지럽히는 정신작용의 총칭)를 없앤다든가, 육신의 집착을 풀어버린다는 말이 있습니다. 그러나 이렇게 말하기는 쉽지만 살아있는 한 그러한 것들이 없어지는 것은 아닙니다. 수양을 하고 싶은 신심(信心)을 갖는다고 해서 번뇌를 도려내어 버릴 수 있는 것은 아닙니다.

깨달음이란 번뇌나 집착이 없어진 상태가 아니라 그것이 가라앉혀지고 제지되어 균형이 잡혀진 상태를 말하는 것입니다. 그것은 마치 카메라의 렌즈를 조정하는 것과도 흡사한 일입니다. 사진을 촬영할 때 피사체에 맞추어 조정하듯이 자칫하면 흔들리기 쉬운 감정의 파도를 진정시키는 것입니다. 감정의 파도를 진정시킨다는 것은 무엇에 사로잡히거나 그 자리에 머물러 있어서는 안 됩니다.

물결이 쳐야만 물이 썩지 않는 것임을 잊지 말아야 하겠습니다. 폭풍우의 파도는 배를 침몰시키지만 잔물결과 같은 리듬이 있는 물결은 바람직한 것입니다.

'만법공적의 물결이 일고'의 물결이야말로 리듬이 있는 마음의 물결인 것입니다. 리듬은 율(律)이라고 번역되고 있습니다. 삶에도 반드시 율동과 기준이 있어야 합니다.

우리는 좋은 일을 했다고 뽐내기도 하고 악한 짓을 하는 사람을 미워하기도 합니다. 그러나 그것은 별로 바람직한 일이 못 되는 것입니다. 삶을 사랑하고 죽음을 싫어하는 것은 삶과 죽음의 어느 한쪽을 치우쳐 사랑하는 것이 되기 때문입니다. 공(空)의 입장에서 말하면 어느 쪽도 바르지 못하다고 보는 것입니다.

삶을 허무한 것으로써 공(空)으로 부정하는 것과 같은 이유에서 죽음을 부정하는 것 그리고 생사를 초월한다고 하는 것은 별개의 일이 아닙니다. 살아있는 동안 정성을 다해서 삶을 살아간다면 평온하고 조용한 죽음으로 이어지는 것입니다. 삶과 죽음을 경쟁자로 만들지 않으면 자연히 삶과 죽음의 집착에서 벗어나 공(空)으로 돌리고 초월해서 살아가는 길이 열리는 것입니다. 그것을 밝혀주는 것이 반야의 지혜인 것입니다.

우리는 그것을 눈을 감고 깊이 생각하기만 하는 관념의 유희에 그치지 말고 몸으로 실감하는 자기 훈련이 있어야만 참다운 이해와 실천이 가능하다는 것을 잊지 말아야 하겠습니다.

'감정'은 심(心) - 그 불변의 것이 마음

불교 경전은 대부분 인도의 문자를 중국의 문자나 발음에 맞추어 번역한 것입니다. 우리나라는 중국의 한자 문화권에서 오랜 세월을 살아왔기 때문에 한문으로 풀이된 경전을 배웁니다.

예를 들면 산스크리스트어의 칫타(citta)도, 흐리다야(hrdaya)도 한문으로 번역하여 마음 심(心) 자로 이해하고 있습니다. 하지만 산스크리스트어의 칫타(citta)는 '정신의 마음'이며, 흐리다야(hrdaya)는 '중심(中心)'이란 뜻입니다.

'반야심경'의 '심(心)'은 흐리다야로써 중심을 뜻합니다. 그러나 연구가들에 의하면 이 경전의 내용에서 생각해 보더라도 단순히 중심이라든가 마음속이라는 정도의 것이 아니면 '반야의 마음'이라고 합니다. 그리고 반야심경을 '반야·심경'이 아니고 '반야심의 경'으로 받아들이는 것입니다.

그러나 오늘날, '심(心)'이라고 하면 정신의 마음이기보다는 슬픈 마음이라든가 마음의 고조된 상태나 흥분 등 인간 감정의 상태를 가리키는 경우가 많습니다.

이 책에서는 편의상 마음의 감정 상태를 한자의 '심(心)'으로 쓰고 감정의 밑바닥에 있는 오직 하나의 진실한 것을 '반야의 마음'으로 써서 구별하도록 하겠습니다. 이에 대한 이해를 돕는 뜻에서 물(水)로 예를 들어보고자 합니다. 수면에 일고 있는 물결이나 파도는 파(波)·낭(浪)·도(濤)·란(瀾)-등 각각 다르게 물의 동요를 한문으로 나타내고 있습니다.

나의 마음속 깊은 밑바닥 있어
기쁨도 근심 걱정의 물결도
그곳에는 미치지 못하리라.

"마음의 표면에는 기쁨과 근심·걱정 등 온갖 물결이 출렁되지만 자기에게는 깊은 마음의 밑바닥이 있어서 그곳까지는 그러한 물결들이 미치지 못할 것이다."

이것은 유명한 동양철학자의 노래입니다. 이처럼 마음을 물에 비유해서 읊고 있습니다.

낭(浪)이나 파(波)와 도(濤)가 모두 물이면서 동시에 그 움직이는 상태를 가리키는 글자이기 때문에 각각 'ㅗ' 삼수 변이 붙어 있습니다. 삼수변은 한자의 자형에서 변으로 쓰일 때에 쓰이는 말이며 본래의 뜻은 물 수입니다. 그래서 이들 글자의 본체인 양(良)·피(皮)·수(壽) 등을 제외한 'ㅗ' 자신의 순수한 물 자체의 모습을 보전할 수 있습니다.

깊으면 깊을수록 깊은 물의 밑바닥은 더욱 고요하고 평화롭습니다. 반면에 바닥이 얕으면 약한 바람만 불어도 곧 파문이 일어나는 것을 볼 수 있습니다. 그러나 바람이 멎으면 수면은 다시 평온해집니다. 물을 떠나서 파도와 풍랑이 있을 수 없으며 파도나 풍랑도 잔잔해지면 깊은 물속 저 밑바닥의 물과 동일체입니다. 바람이 불 때 일었던 파도나 풍랑도 밑바닥의 물과 별개의 것은 아닙니다.

마음의 경우도 마찬가지입니다. '氵'에 해당되는 것이 '忄' 심방 변입니다. 여기에는 원한이라고 할 때 쓰이는 '한할 한(恨), 바쁠 망(忙) 등이 있고, 또 마음 심(心) 자를 중심으로 하는 슬플 비(悲) 잊을 망(忘) 등이 있습니다.

물의 경우와 마찬가지로 이들 글자의 몸과 합성해서 만들어진 글자들을 빼 버린 마음 심(心), 그 자체를 생각할 수 있습니다. 이 마음도 물의 경우와 같으며 노여움과 원한은 마음의 파란(波瀾)-'이것이 심(心)'이며 이 파란이 잔잔해지면 앞에서의 물 그 자체, 여기서는 마음 그 자체가 되는 것입니다. 마음을 떠나서 감정은 없는 것입니다. 마음과 심(心)은 동일체이며 다만 어떠한 상태로 있는가 하는 존재양식의 차이가 있을 뿐입니다.

그러나 파도와 풍랑의 저 밑바닥에는 언제나 움직이지 않는 물의 밑바닥이 있듯이 감정의 심층에는 불변의 마음이 엄숙히 자리하고 있다는 것을 잊어서는 안 됩니다.

반야가 곧 지혜의 마음

앞에서 심경을 쉽게 풀이해 주었던 수도 선사는,

제자(題字) 심경(心經)의 주(註)에서 "신악(身惡)을 소멸(消滅)하는 것을 말한다. 그곳에서 나오는 것은 모두 경(經)이다."라고 말하고 있습니다.

신악을 소멸한다는 것은, 번뇌(심신을 교란하여 어지럽히는 정신작용의 총칭)를 소멸하는 것이지만 살아 있는 한, 번뇌의 괴로움을 없앤다는 것은 불가능하므로 번뇌의 물결을 가라앉힌다는 뜻으로 말하고 있는 것입니다. 물결을 잔잔하게 가라앉히기 위해서는 모든 현상과 존재에 대해 어느 한쪽 편을 들거나 자기 좋은 대로 판단하는 자기 위주의 편향적인 생각에 집착하지 말아야 하며 어느 한 곳에 정체되어 있지 않도록 해야 한다는 것입니다.

동양의 15세기 고승(高僧) 가운데 한 선사는 이렇게 말하고 있습니다.

"심경(心經)이란 반야(般若)의 마음이다. 이 반야의 마음은 일체의 중생(생명이 있는 자)에게 본래 갖추어져 있는 마음인 것이다…"

이 선사는 '심경'이란 하고, 말머리를 꺼내고 있습니다. 그리고 다시 '심이란…' 이런 식으로 이야기하고 있는 것으로 미루어 보아서 심경의 '심(心)'에 마음을 쏟고 있다는 것을 알 수 있습니다.

이것은 '심'에 대해서 이야기하고 있음을 의미합니다. 그리고 이 '심'은 그때그때 상황에 따라 변하는 감정이 아니며 밑바닥 깊숙이 들어있는 깊은 층의 마음인 것을 분명히 하고 있습니다. 바꾸어 읽으면 '마음이란 반야의 마음인 것이다'가 되며 '반야'라고 하는 것은 지혜의 마음과 같은 것임을 지적하는 것이라 하겠습니다.

여기서도 앞서 풀이한 바 있는 수도 선사와 마찬가지로 이 경전 제목을 '반야'라고 하는 것으로 집약하고 있습니다. 그리고 이 마음은 '반야의 마음'이며 누구나 본래 자기 안에 갖추고 있는 것으로서 그 자체가 청정(淸淨)한 것이므로 무엇이라고 특정해서 이름을 붙일 수 없는 것이라고 했습니다.

18세기에 일반 서민들과 퍽 친근한 선사가 있었습니다.

이 선사는 '마음'을 무엇이라고 이름을 붙일 길이 없기 때문에 많은 생각을 거듭하였지만 이 넓고 깊은 마음에 대하여 마땅한 이름을 정하지 못했습니다. 본래 이름이 없었던 것인데, 누군가 마음을 '심'이라고 이름을 붙여 매우 소중하게 다루고 있음을 알게 되었습니다. 선사는 '심'이라는 이름이 '마하반야바라밀다심'

이라는 하나의 생명의 흐름을 인식하고 체득한 이후의 발언임을 역력히 엿볼 수 있었습니다.

즉 '바라밀다심'의 '심'이란 감정의 심이 아니며 인간 본심의 마음으로서 '마하반야바라밀다'의 마음이라고 실감하는 것입니다.

지금까지의 이야기를 정리하면 누구나 언제 어디서든지 지니고 있는 초월적인 실재로서의 깊은 이성이 '마음'이 됩니다.

'마하반야바라밀다심'이 '반야심경'이 되고 다시 두 글자, '심경'으로 압축되는 연유가 여기 있습니다.

경문만으로 영원한 생명을 잡을 수는 없는가

삼장법사 현장 일행은 많은 어려움을 겪으며 인도에 도착해서 어렵게 대망의 경전을 이어받을 수 있게 되었습니다. 그런데 돌아오는 길에 뜻하지 않은 돌풍을 만나 천신만고 끝에 얻은 경전이 모두 하늘로 날아가 버렸습니다. 수행했던 손오공 등이 당황해서 흩어진 경들을 주워서 그것을 모아본 결과 놀랍게도 그 어느 권을 확인해 보아도 경(經)은커녕 아무 글자도 쓰여 있지 않았습니다.

손오공은 석가에게 와서 큰 소리로 항의했습니다. 석가는 미소를 띠며 손오공에게 다음과 같이 말했습니다.

"그게 아니다. 경(經)은 글자로 씌어 있지 않는 것이, 씌어 있는 쪽보다 높은 수준의 경인데 세상 사람들은 글자로 씌어 있는 경만 인정하지 글자가 없는 진짜 경을 모르고 있구나. 이렇게 말해주어도 믿지 못한다면 어쩔 도리가 없구나. 별 수 없이 글자가 기록된 경을 가져가도록 할 수밖에 없구나…"

이것은 경(經)의 그 깊은 뜻을 이해할 수 있도록 전하기 위해 지어낸 이야기지만 경(經)에는 말과 글자로는 표현하고 싶어도

82

표현할 수 없는 '사상'이 있다는 것을 암시하고 있습니다.

글자로 쓰여 있고 책으로 인쇄된 경전을 읽어서 그 의미를 이해하게 되면 다음에는 문자로 표현되지 않은 경(經), 즉 모든 현상을 경전으로써 받아들이고 그 뜻을 읽어서 파악할 수 있는 단계에까지 이르러야 할 것임을 일러 주고 있는 글이라고 생각합니다.

소리도 없이 향(냄새)도 없이
하늘과 땅은 끊임없이 쓰여 있지 않는 경(經)을 되풀이하며…

이 시는 다시 한 번 우리의 삶을 생각하게 합니다.

봄이 되면 꽃은 말없이 피고 가을에는 조용히 잎이 집니다. 아침마다 태양은 동쪽에서 뜨고 저녁이면 어김없이 서쪽으로 집니다. 대자연의 섭리가 그대로 명확하게 문자가 아닌 사실로써 가르쳐 주고 있는 것입니다.

산에 진달래꽃이 피면 농사철이 온 것을 우리의 조상들은 피부로 느꼈던 것입니다. 계절의 변화에 따라 자기 차례가 오면 말없이 피는 꽃의 마음을 배웁니다. 그것은 결코 말과 문자를 그저 부정(否定)하는 것이 아닙니다. 두 개의 볼록렌즈를 거쳐서 이루어지는 일인 것이며,

"대자연의 섭리는, 인간의 언어로 표현할 영역을 벗어나 있기 때문에 문자로 적어서 남기지 않느니라."

이렇게 표현한 노래의 뜻을 새겨 보면 무엇인가 마음속에 자리하는 것이 있을 것입니다.

다음과 같이 말한 학자가 있습니다.

"본심을 깨닫고 근원으로 돌아가는 사람이 진실로 경(經)을 읽게 되는 것이니 문자를 가리켜 진실한 경이라고 해서는 안 될 것이다."

그의 말은 부드러웠지만 매우 충격적이었습니다.

"경(經) 다라니라는 것은 문자가 아니다."하고 상식적인 경에 대한 생각을 여지없이 부정해 버린 것입니다.

학자의 말뜻은 인간의 본심이 어디로인가 나가버려서 찾을 길이 없게 되고 이리저리 흔들리고 방황하며 혼미를 거듭하고 있는 사람을 위해서 몸뚱어리와 물질생활의 유혹에서 벗어나지 못하고 있는 자신을 깨닫게 해 주기 위한 비유인 것이지 문자가 진실의 경은 아니라는 것입니다.

진실의 경(經), 즉 참(眞)경은 꿈꾸듯 젖어 있던 육신과 물질을 탐하는 욕망의 생활에서 깨어나 본래의 마음을 지닌, 진정한 자기 자신으로 되돌아가는 사람이 '참경'을 읽는 것입니다. 경(經)이란 누구나 모든 사람이 지니고 있는 본심으로서의 마음을 가리키는 것입니다.

선(禪)을 통해서 일찍이 길이 트인 선각자가 있었습니다. 이 선각자는 연명십구관음경(延命十句觀音經)이라는 반야심경보다도 짧은 경을 하루도 빠지지 않고 독송(讀誦)했다고 합니다.

이 경은 학문적으로 검증을 거치지 않은 거짓 경이란 말을 듣고 있었지만 선사는 세상의 조롱에 조금도 구애받지 않았습니다.

"그토록 영험이 있어서 세상에 이익을 줄 수 있다면 가난한 극작가가 썼건 이름도 모를 국문학자가 썼건 상관하지 않고 마음껏 신앙하고 밤낮으로 독송하리라. 사람을 행복하게 해 주는 것이라면 부처의 말씀이 아닌 그 누구의 설(說)이더라도 가릴 필요가 없다."

이와 같이 소신을 밝히고 있습니다. 필자 또한 이것이 진실이라고 생각합니다. 경(經)은 중심(中心)이 읽는 사람의 참 마음에 있는 것임을 간파한 말이 아닐 수 없습니다.

경을 독송한다는 것은, 진실한 자신 '참 나'와의 만남인 것입니다. 최근에는 문인·학자들도 반야심경을 깊이 읽고 탐구해서 연구논문을 쓰는 경우가 있습니다. 한 문인이 쓴 책을 보면,

"성현의 말을 풀어가는 가장 훌륭한 길은 무언(無言), 즉 실천으로서의 수행을 통해서 풀어가는 것이다."

'참 사람'의 마음을 되찾도록 깨우쳐 주는 경의 깊은 뜻을 이해할 수 있게 되는 가장 좋은 방법은 묵묵히 실행 실천하는 것입니다.

대자연의 생태(生態)·풍광(風光)·현상(現象)의 움직임 가운데서 인간이 살아야 할 길과 그 자세 그리고 인생의 의미와 삶의 보람을 스스로 고요한 마음으로 사물을 관찰하며 터득하는 것이 중요합니다.

'소리도 없고 향(냄새)도 없이 하늘과 땅은 끊임없이 문자로 표현되지 않는 경(經)을 되풀이하며'라는 시구를 다시 한 번 생각하게 합니다.

자연은 우리 앞에 글자가 씌어 있지 않은 가르침으로서의 경을 1년 4계절 하루도 쉼 없이 또 아낌없이 되풀이해 읽어 주고 있습니다. 그러나 이 소중한 자연의 외침을 우리들은 알아들을 수 있는 수신 장치, 즉 마음의 귀가 너무 빈약해서 잘 알아듣지 못하는 경우가 많습니다.

어느 서도가(書道家)는 개구리가 살기 위해서 실버들 가지를 붙잡으려고 뛰는 모습을 보면서, 다음과 같은 결심을 했다고 합니다.

"인생은 노력하는 것이다. 바로 그거지. 그래 그거야!"

그 후부터 열심히 서도에 정진해서 유명한 대가가 되었다고 합니다. 하지만 실상은 개구리도 또한 실버들 가지도 그 서도가에게 무엇을 가르쳐 주리라고 생각했던 것은 아닐 것입니다. 실버들 가지는 아무런 뜻도 없이 무심코 아래로 늘어져 있을 뿐인데 무심코 개구리가 뛰어서 붙잡는 것을 바라보고 있는 동안 그는 글자가 씌어 있지 않은 훌륭한 가르침, 즉 참경(眞經)과의 만남을 이룰 수 있었던 것입니다. 자연에 쓰여진 그 경을 읽을 수 있었던 것입니다.

여기까지 경에 대한 선인들의 이야기를 듣고 있는 동안 글자가 씌어 있지 않은 경(經)이라고 하는 대목이 반향을 일으켜 글자를 가볍게 보아도 무방한 것으로 받아들이는 경우도 있을지 염려됩니다.

그러나 글자로 씌어 있는 경을 한 자, 한 구절을 경건한 마음으로 읽을 수 없는 고만(高慢)한 태도로는 이처럼 글자가 없는 무자(無字)의 경을 도무지 읽을 도리가 없는 것입니다.

인간의 말로는 통할 길이 없는 산수(山水)와 화조(花鳥), 즉 말이 없는 산과 흐르는 시냇물 그리고 역시 말없이 피어있는 꽃과 지저귀는 새들을 상대로 그들이 우리에게 들려주는 소리를 듣고 서로 마음을 주고받는 것은 소중한 일입니다. 마음이 빈곤한 사람은 어떠한 말이라도 이해할 수 없는 것입니다.

제2장/남의 아픔과 나의 아픔

고통이 괴로움이 아니게 될 때

모든 생명은 채찍을 두려워한다.
모든 생명은 죽음을 무서워한다.
자기 생명에 이것을 견주어
남을 죽이거나 죽이게 하지 말라.

남이 듣기 싫은 성낸 말을 하지 마라.
남도 그렇게 네게 답할 것이다.
악이 가면 화는 돌아오나니
욕설이 가고 오고,
매질이 오고 가고…

觀自在菩薩 行深般若波羅蜜多時 照見五蘊皆
관 자 재 보 살 행 심 반 야 바 라 밀 다 시 조 견 오 온 개
空 度一切苦厄
공 도 일 체 고 액

관자재보살, 심반야바라밀다를 행했을 때, 오온(五蘊)이
모두 공(空)임을 비추어 보고, 일체의 고액을 넘어서 스스로
구제하기에 이르렀다.

⤫⤬ ❈ ⤫⤬

전지자이며, 인간의 길을 깊이 깨달아 각자가 되신 분에
게 경의를 바친다.

거룩한 구도자 관음은, 깊고 원대한 지혜와 완성을 실천
하고 있을 때에 세상에 존재하고 있는 모든 것을, 다섯 개
의 요소가 있는 것으로 보았다. 그리고 그는, 이들 구성 요
소가 그 본성에서 볼 때, 모두 실체가 없는 것임을 간파했
던 것이다.

인간적이란 고뇌하는 것이다

관자재보살(觀自在菩薩)이란 관세음보살, 즉 관음을 말하는 것입니다.

원어는 아발로키테스바라(Avalokitesvara)이며 삼장법사 현장의 대선배인 구마라습(鳩摩羅什;kumarajiva)이 관세음(觀世音)이라고 역(譯)한 것을 현장이 다시 번역한 것입니다.

불교에는 삼세(三世) 삼천(三千)의 제불(諸佛)이라고 일컬어질 정도로 많은 부처들의 이름이 있습니다.

삼세란 과거·현재·미래를 가리키는 말입니다. 여기에 각각 천불(千佛)이 있어서 모두 합하면 삼천불이 됩니다. 그러나 육신을 갖추어서 이 세상에 태어나고 실제로 이 세상에서 살다가 삶을 다하고 저승으로 간 실재의 부처는 석가뿐입니다.

아미타(阿彌陀)·지장(地藏), 그 밖의 수많은 부처들은 역사적으로 실존했던 인물이 아닙니다. 그러나 그렇다고 해서 결코 우상(偶像)은 아닙니다. 수많은 부처들은 석가가 해탈(解脫)해서 찾아낸 깊은 마음의 상징적 존재입니다. 상징이란 눈이나 귀와 같은 직접적인 감각기관의 대상이 되지 않는 추상적인 내용을 무엇인가 다른 형태를 빌려서 구체적으로 표현하는 것입니다. 석가가 해탈한 내용을 감각으로는 파악할 수 없기 때문에 부처의 이름을 입으로 외우는 것에 의해서 석가의 무한한 마음을 실감하는 것입니다.

아미타(阿彌陀)란 '영원의 생명', '무량의 빛'을 뜻하는 말입니다. 눈으로 보고 손으로 만져볼 수 있도록 불상(佛像)으로 표현되기도 합니다. 그러나 이것은 어디까지나 상징일 뿐 우상은 아닙니다.

석가가 깊이 깨달은 해탈의 마음은 앞에서도 말한 바와 같이 초월적 무의식입니다. 초월이란 시간과 공간을 넘어서 구별 없이 인간 육체의 내부에 있으면서 동시에 외부에도 존재하는 것, 언제 어디서 누구나 보유하고 있지만 그것을 느끼지 못하기 때문에 무의식적 존재인 것입니다.

자기중심적인 자아심의 밑바닥에 잠재하고 있는 것이 본래의 자신의 마음입니다. 이 깊은 마음이 자기 안에 파묻혀 있다는 사실을 석가는 깨달았던 것입니다. 그리고 이 마음을 상징한 것이 삼천제불(三千諸佛)의 이름과 모습인 것입니다.

불상을 바라보고 있으면 인간적인 점과 그렇지 못한 점을 동시에 느낍니다. 불상은 인간을 본떠서 만들어진 것이라고 말하는 사람도 있으나 사실은 그렇지 않으며 어디까지나 마음-'초월적 의식'을 표현하기 위한 것입니다. 인간을 닮아 있는 것이 아니라 그 마음을 사람도 지니고 있기 때문에 그와 같이 보이는 것입니다. 사람이 지니고 있는 본래의 마음이 부처의 마음과 통하고 있기 때문입니다.

어느 불교학자는 이렇게 말하고 있습니다.

"인간의 형상을 떠나지 않고 그러면서도 초인간적인 아름다움을 가득히 담고 있는 것, 그것을 불상으로 조각한다는 것은 가장 어려운 일이다. 단순히 흔해 빠진 속된 인간 냄새가 나는 것, 그런 의미에서 초인간적인 것이라면 쉬운 일이다. 그러나 부처의 마음을 나타내는 초인간적이라는 뜻은 육신과 물질을 욕망에 사로잡혔던 인간의 번뇌를 넘었다고 하는 것이다. 인간적이란 고뇌를 갖는 것이다."

단순히 보통 인간과는 동떨어진 것이라면 조각을 하는 것도 그림을 그리는 것도 쉬운 일일 것입니다. TV 영화나 만화에 나오는 초인간들이나 여러 가지 모양을 한 괴물들은 보통 사람과는 동떨어진 모습으로 그려내는 것으로 어느 때나 마음대로 등장하게 할 수 있지만 불상은 그렇게 될 수 없는 것입니다.

불화(佛畵)에 보이는 귀신(鬼神)이나 아귀(餓鬼) 괴수(怪獸)는 괴이한 짐승이 아닙니다. 그들에게도 모두 사상을 지니게 하고 있습니다.

1천 개의 눈에 1천 개의 손 또 그 손가락 하나하나에 하나씩의 눈이 있는 '천수천안관음상(千手千眼觀音像)'을 본 어느 외국인이 깜짝 놀라서 '크로테스크 grotesque'하다고 감탄했다고 합니다. '크로테스크'라는 말의 뜻이 괴기한 것, 흉측하고 우스꽝스러운 것을 뜻하지만 그 외국인의 눈에 보인 '천수천안관음상(千手千眼觀音像)'은 신비롭게 보였던 것입니다.

인간이 갖는 고뇌와 희망이 한탄과 소원이 되어 석가의 가르침에 따라 이끌려가면서 그러한 모습으로밖에는 표현할 수 없었던 '천수천안관음상(千手千眼觀音像)'의 신음소리를 공감하면서 들을 수 있어야 하겠습니다. 그 신음소리가 들려올 정도까지 이해할 수 있게 되면 불화(佛畵)가 기괴한 것도 아니며 더구나 우상과 같은 것은 더욱 아니라는 사실을 알 수 있을 것입니다. 그것은 현재 살아있는 우리들의 생생한 모습이며 모든 것이 그 안에 숨 쉬고 있음과 동시에 무언가 이상을 품었던 자신의 '참모습'으로서 그것을 응시하지 않을 수 없을 것입니다.

어떤 철학자가 '천수천안관음상(千手千眼觀音像)'을 보고 감탄하며 말했습니다.

"나는 천 개의 손의 훌륭함을 보았다. 그 손은 구제자의 손이었을 것이다. 어쩌면 나에게는 그 손이 고통에 몸부림치는 중생의 손처럼 보였을지도 모른다. 나는 이 손들이 무명의 칠흑 같은 어둠에서 뛰쳐나와 하늘을 향해서 울부짖고 있는 것만 같아서 어찌할 바를 몰랐다. 어떤 손은 괴로움에 떨고 있는 듯하였고, 어떤 손은 무엇인가 열심히 호소하고 있는 듯도 하였다. 그리고 어떤 손은 신음하고 있는 모습을 느낄 수 있었고 어떤 손은 간절한 마음으로 빌고 있는 것처럼 보이기도 했다. 무수한 욕망이 어떻게 좌절하는가에 따라서 그려진 무수한 고뇌의 손들이었다. 그 수없이 많은 고뇌의 작고 묘한 음영이 수없이 많은 손들의 표정이 되어서 나타나 있는 것으로 보였다."

이 작품을 표현한 화가는 자신의 미적(美的) 감정과 더불어 인간 내면의 모습을 표현하고 싶었을 것입니다. 슬퍼하고 있는 인간에게 부처의 평화로운 자비를 기원하며 자신이 도달한 믿는 마음, 즉 신심을 표현하는 데 심혈을 기울였을 것입니다.

'심경(心經)'의 경우, 그것이 상징된 것이 관음상이며 그 상의 배후를 힘주어 버티고 있는 것이 관음의 마음이요 석가가 깨달은 해탈의 마음인 것입니다. 관음은 실제로 존재하지 않는다는 것, 관음상을 모시고 숭배하는 것은 결코 우상숭배가 아니라는 것은 이미 말씀드린 바 있습니다.

우리는 여기서 관음이 석가의 해탈한 깨달음으로써 도달한 마음, 다시 말해서 초월적 무의식의 어떤 점을 상징하고 있는 것인가를 생각해 볼 단계에 이르렀습니다.

고통의 체험으로 알게 되는 타인의 아픔

조리(阜離)와 즉리(卽離)는 형제입니다. 이 두 형제는 너무 일찍이 양친과 사별했기 때문에 날마다 울고 있었습니다. 이 형제에게 어느 날 마음씨 고약한 사나이가 나타나서 부모를 만나게 해줄 테니 작은 배를 타라고 권했습니다. 두 소년은 속고 있는지도 모르고 배에 올라탔습니다. 작은 배는 포구의 어귀에서 저 멀리 떨어져 있는 이름도 없는 작은 섬에 어린 두 형제를 내려놓고 그대로 되돌아 가버렸습니다.

두 아이는 좁은 섬 안을 헤매며 부모를 찾지만 어디에도 아이들의 부모가 있을 까닭이 없습니다. 마침내 피로와 굶주림에 못 이겨 어린 두 형제는 아무도 없는 쓸쓸한 섬에서 숨을 거두게 됩니다.

죽음의 시간이 다가오자, 아우인 즉리(卽離)는 자신들이 너무 어린 나이로 죽어가게 되는 기막힌 운명을 한탄했습니다. 말없이 듣고 있던 형 조리(阜離)가 아우를 위로하며 부드럽게 타일렀습니다.

"나도 처음에는 세상을 저주하고 사람을 원망했지만 이토록 멀리 외롭게 떨어진 작은 섬에서 어찌할 도리가 없지 않니. 다만 우리가 짧은 생애를 살면서 몸으로 배운 것은 부모와 일찍 헤어지고 사람들에게 속아서 사는 우리들의 슬픔과 못 견디도록 겹치는 피로와 굶주림을 겪게 되는 고통이었다. 그러니 우리가 다음 세상에 태어날 때에는 이 고뇌의 체험을 인연으로 삼아서 우리와 같은 슬픈 운명에 있는 사람들을 구해 주자. 다른 사람을 위로해 주는 것이 바로 우리가 위로를 받는 길인 것을 우리 형제의 짧은 생을 통해서 배우지 않았니."

아우는 형의 말을 이해할 수 있게 되자, 밝고 평온한 얼굴이 되었습니다. 서로 꼭 안고 숨져간 두 형제의 얼굴에는 밝은 미소가 어리어 있었습니다.

이 이야기는 스리랑카에서 미얀마와 태국 등으로 전해진 팔리어(pali語)로 된 불교성전, 즉《남전대장경(南傳大藏經)》의 화엄경(華嚴經)에 나오는 이야깁니다.

이 이야기는 현대인의 사색에도 깊은 도움을 주는 진리를 담고 있습니다. 이야기 속에서 형을 관세음보살(觀世音菩薩), 아우를 세지보살(勢至菩薩)이라고 합니다. 이 형제의 이야기를 담고 있는 섬이 관세음보살이 계신다고 하는 보타락산(백화산(白華山)입니다.

그 위치는 인도 남해안의 어느 섬, 중국 절강성 남쪽 주산열도 중의 한 섬, 서장의 중부 등 여러 가지 설이 있습니다. 산모양은 팔각형이라고 하며 항상 자비 광명이 빛난다고 합니다. 우리나라에서는 강원도 낙산(洛山) 또는 강화군 삼산면 매음리(보문사가 있는 곳)라고 합니다. 중국에서는 보타산·오대산(五臺山)·아미산(峨眉山)·구화산(九華山)을 관세음보살의 4대 도량[道場]이라고 합니다.

조리(早離)와 즉리(卽離)란 '일찍 떨어진다', '곧 헤어진다'는 의미입니다. 태어나서 얼마 되지 않아서 혹은 태어나자마자 부모와 헤어지는 아이들은 지금도 헤아릴 수 없이 많이 있습니다. 또한 세상에는 수많은 가슴 아픈 이별이 있습니다.

'속아서, 멀리 떨어진 외딴섬에 끌려가서 되돌아오자니 배도 없다'는 것은, 살아 있는 현실의 세계에서 다시 한 번 운명을 바꿔 살아 보았으면 해도 그것이 불가능한, 오늘이라고 하는 현실이 존재합니다. 그 무엇으로도 바꿀 수 없는 인생을 의미하는 것입니다. 이 도피할 수 없는 인생이라는 작은 섬에서 만나고 겪게 되는 번뇌의 갖가지 모습을, 부모를 찾아 헤매고 견딜 수 없는 피로와 굶주림으로 일생을 마치게 된다는 이야기로 대신하고 있습니다.

인생이란 한(恨)과 고뇌(苦惱)뿐인 것이라고 생각하는, 즉 돌아갈 곳 없는 막막한 섬에서의 고통이 인생살이의 모두라고 생각하는 것이 아우 즉리(卽離)의 인생관이었습니다. 그러나 형 조리(早離)는 고뇌의 체험에 의해서 다른 사람들의 괴로움과 아픔을 실감할 수 있었던 것입니다. 이렇게 다른 사람을 위해서 봉사하는 것이 바로 자신을 구원하는 길이라는 것을 형 조리(阜離)는 깨달았던 것입니다.

자신의 슬픈 운명을 한탄하는 것만으로는 자신이 행복해질 수 없다는 것을, 다른 사람을 위해 봉사함으로써 비로소 자신이 불행의 구렁에서 빠져나올 수 있는 길이 환하게 열린다는 것을 깨닫게 되었던 것입니다.

인간은 피할 수 없는 궁지에 몰려 쫓기게 되면 이와 같은 가치, 즉 새로운 길을 창조하는 의식이 자신의 깊은 밑바닥에 깔려 있었다는 것을 실감할 수 있게 됩니다. 부처는 자신의 체험을 통해서 이것을 우리에게 알려주고 있습니다. 우리는 어려운 일에 부딪치면 전에 없던 새로운 용기를 내어 살아가야 합니다. 그러나 자신이 직접 괴로움과 아픔을 경험하지 않고는 다른 사람의 고통을 알 길이 없습니다. 이것을 아는 사람은 아무리 자신이 괴로워도 자기 주위에 있는 다른 사람을 위해 배려해 주고 그들과 함께 밝게 살아가려고 노력하는 것이 보다 소중한 일이라는 사실을 알 수 있습니다. 눈을 크게 뜨고 살펴보면, 우리는 자신의 주위에 있는 누구누구에게 반드시 무언가의 도움을 받으면서 살아가고 있습니다.

때로는 자신이 감당 못할 일을 겪기도 하고 좌절도 하지만 시간이 지나면 그 고난 또한 지나갑니다. 자신이 고난을 헤쳐 나가려는 노력에 누군가의 도움이 있었기 때문입니다. 그것을 통해 주위의 수많은 부처의 존재를 깨닫게 되는 것입니다. 그들에게 받은 자비를 되돌려 주는 곳에서 원한이 승화(昇華)-어떤 상태에서 다른 높은 영역의 상태로 비약하는 것-되어 훌륭한 자애(慈愛)로 변하는 것입니다. 이렇게 되면 자신과 타인이 다 같이 구원을 받게 되는 것입니다. 그것을 불교에서는 공양(供養)이라고 합니다.

분한 일을 당했다고 해서 상대방에게 보복적인 행동을 한다면 언제까지나 원한이 그치지 않을 것입니다. 상대방을 구제해 주는 어느 한쪽의 자비로운 마음과 그것을 실천하는 노력에 의해서만 피차간의 원한이 사라지는 것입니다. 만물은 이러한 의미에서 서로 아껴주고 서로 도우면서 다 같이 살아가는 행복을 찾고 누리도록 되어 있습니다.

이 세상 만물은 모든 주위의 사람들과 환경의 은혜-도움을 받으면서 보은하는 상호협조의 관계 속에 맞물려 있습니다. 이것이 화엄경(華嚴經)의 일즉일체(一卽一切)·일체일즉(一切一卽)-풀이하면 하나와 전체는 끊을 수 없는 전체에 있음을 말해 주는 것입니다.

개(個), 즉 하나하나 속에 전체의 길이 있고, 전체 가운데 하나하나에 통하는 길이 있습니다. 하나와 전체와의 관계를 뗄 수 없는 것으로 밀접하게 봄으로써 인생을 바르게 이해할 수 있습니다. 이와 같이 인생을 바르게 보는 사상이 조리(阜離)와 즉리(卽離)

이야기 속에 들어 있었던 것입니다.

그리고 다음 세상에 태어난다는 것도 시간적 공간적으로 거리가 먼 이야기는 아닙니다. 자신의 마음속에 깃들어 있던 잘못을 깨닫고 새로운 인생관이 싹트게 되면 지금까지와는 전혀 다른 세상을 살 수 있게 되는 것입니다. 우리가 텔레비전의 채널을 바꾸고 라디오의 주파수를 맞추는 것과 비슷한 원리입니다. 다시 태어난다는 표현은 자신의 좁은 생각이 넓은 생각으로 다시 태어나는 것을 가리키는 말입니다.

석가 인생의 깊은 뜻을 깨달아서 해탈한 정신을 상징하는 관음의 마음 가운데 하나가 자비(慈悲)입니다.

자(慈)는 우정을 가리키는 말이지만 특정한 벗에 한정된 것이 아니라 누구를 막론하고 특별히 지적하는 구별이 없이 모든 인간을 향해서 우정을 베푼다는 의미입니다. 그리고 비(悲)는 슬픔이 아니라 신음입니다. 자신이 마음의 괴로움을 앓아서 신음해 본 사람만이 다른 사람이 괴로워하며 신음하는 것을 이해하고 같이 괴로워하는 그 마음씨를 간직할 수 있습니다. 이 마음이 앞에서 나왔던 보타락산의 이야기 속에서 그윽한 향기를 뿜어 주고 있습니다.

자비(慈悲)는 간절한 마음으로 서로 아껴 주며 염려하고 위하는 것입니다. 서로 깊이 사랑하는, 피와 살과도 같이 절실한 것입니다. 자비는 결코 높은 곳에서 베풀어지는 것이 아닙니다. 배반을 당하면 당할수록 더욱더 미워하고 싫어하는 것보다는 측은히 여겨 오히려 가엾게 생각하는 마음을 더하는 것입니다.

앞서 제1장에서 말씀드린 바와 같이 모든 존재, 즉 있는 것의 원점은 공(空)이라고 인식하는 가장 높은 진리의 인식입니다. 그 최고의 진리를 이 보타락산의 이야기에서 느껴볼 수 있다면 기쁜 일이 아닐 수 없습니다.

'조리(早離)'가 관세음보살의 상징이며, '즉리(卽離)'가 세지보살이라고 되어 있는 뜻은, 자신의 편견을 형의 충고에 의해서 즉시 바른 생각으로 바꾼 의지의 힘을 나타내고 있습니다.

관음(觀音)이란, 소리(音)를 보는 것이다
-불립문자(不立文字)의 상징

　관세음(觀世音)을 줄여서 관음(觀音)이라고 하는 것을 이해하기는 쉽지 않은 일입니다. 소리는 들어야 하는데 소리를 본다고 한다면 무엇을 의미하는 것일까요?

　동양에서는 옛날부터 향도(香道) 또는 향합(香合)이라는 놀이가 있습니다. 향을 피워서 그 향기로 향의 이름을 맞추는 것인데 이 경우에는 '향을 맡는다'고 하지 않고 '향을 듣는다'고 합니다.

　향기는 코로 맡아야 하는데 듣는다고 해서 마치 귀가 감각하는 구실을 맡게 되는 것과 비슷하게 들립니다. 관(觀)은 자전(字典)에서 찾아보면 '사물을 잘 주의하여 봄'이라고 되어 있으나 이것만으로는 이해하기에는 불충분한 듯합니다. 오히려 '붙잡는다', '포착한다'는 동적인 의미에 더 가까운 뜻을 지니고 있습니다.

　음성이나 말의 밑바닥에 무엇이 있는가? 말이나 음성이 되기 이전의 마음은 무엇인가? 하고 소리를 넘어서-초월해서 마음과 직결된 것으로 포착하고 파악하는 것입니다.

　이것은 어렵게 생각할 것이 못됩니다. 어린아이가 운다-말을 못하는 어린아이는 자기에게 무슨 일이 있을 때마다 울어

댑니다. 아이의 엄마는 그 우는 소리를 들으면 배가 고파서 우는 것인지, 오줌을 싸서 기저귀가 젖어서 우는 것인지 눈으로 보듯 알아차릴 수 있습니다. 이것이 바로 '소리를 보는 것'이라고 말할 수 있습니다.

다른 사람의 귀에는 아이의 울음소리가 그저 울음소리로밖에 들리지 않지만, 아이의 엄마는 아이의 울음소리로 눈에 보이지 않는 것을 볼 수 있는 훌륭한 기능을 갖추고 있습니다. 그것은 아이와 더불어 괴로움과 아픔을 같이 하는 자비(慈悲)의 마음이 있기 때문이며, 바로 이 마음이 보이지 않는 것을 보여 주는 것입니다. 여기서 사물을 관찰하는 관찰지(觀察智)라는 지혜가 있는 것을 알 수 있습니다.

들려오는 대로
무심코 듣고 있노라니
나 자신이었다
처마 밑 물방울 소리

어느 여름의 비 오는 날-추녀 밑으로 떨어지는 낙숫물 소리를 듣습니다. 아무런 잡념도 없이 무심코 들으면 그것은 다른 사람이나 또는 나와 무관한 일이 아닌 나 자신이고 나의 일이었습니다.

104

14세기의 어느 저명한 학자도 처마에서 떨어지는 낙수를 보며 다음과 같이 읊었습니다.

귀로 보고 눈으로 듣는다면
의심할 바 없다
저절로 되는 처마의 낙숫물

귀는 듣기만 하는 것이며 눈은 보기만 하는 것으로 생각하는 한 인간의 사색의 세계는 좁아질 뿐입니다. 향기를 코로만 맡고 있어서는 향의 이름을 잘 알 수가 없습니다. 사람의 말소리도 그렇습니다. 귀로 듣는 것만으로는 불충분합니다. 다른 사람에게 자기의 자녀를 소개할 경우,

"이 애는 많이 부족합니다. 선생님께서 잘 가르쳐주세요."
"누굴 닮아서 그런지 공부에 취미가 없습니다."

하고 자녀의 능력을 깎아내리는 일이 있습니다. 그러나 이 경우 아이들이 부모의 말에 분개하지 않는 것은, '우리 부모는 나를 피와 살처럼 사랑하고 아껴 준다.'는 사실을 누구보다도 잘 알고 있기 때문입니다.

우리의 귀는 듣기만 하는 것이 아니라 충분히 보는 기능의 활동을 하고 있습니다. 부모의 얼굴을 보는 아이들의 눈에는 자신을 위해서 노심초사하는 부모님의 사랑이 절실하게 울려오는 소리가 들리는 것입니다. 조금의 의심도 없이 있는 그대로 듣고

보는 그야말로 순수하게 받아들일 수 있는 것입니다.

이 경우 아이는 부모가 하는 말을 판단하는 것이 아니라 부모의 애정을 정확하게 알고 그 발언을 이해하는 것입니다. 이것이 음성을 보는 관(觀), 즉 관음의 정신적 활동이며, 관(觀)이라는 글자에 붙는다·포착한다·파악한다는 의미가 깃들어 있는 연유인 것입니다.

이렇게 언어와 문자를 통해서 사상을 이해하는 것이 아니라 사상을 먼저 붙잡아 파악하고 그다음에 언어와 문자를 해석하는 것이 소리를 보는, 즉 관음(觀音)의 활동인 것입니다.

선(禪)에서는 그것을 불립문자(不立文字)라고 말합니다. 즉 말에 의하지 않고 마음에서 마음으로 불도(佛道)를 전하고 깨닫는다는 뜻입니다. 그것은 문자나 언어가 필요 없다고 하는 것이 아닙니다. 문자와 언어의 개념에 묶여서 자유로이 이해할 수 없게 되는 것을 배제하는 것입니다. 이 속박에서 해방되어서 비로소 문자와 언어에 새로운 숨결을 불어넣어 생생한 자유를 갖게 하는 것이 불립문자의 뜻입니다. 이 불립문자를 상징하는 것을 다름 아닌 관음(觀音)이라고 말할 수 있습니다.

이렇게 풀어 보면 삼장법사 현장이 관세음보살을 관자재보살이라고 번역하고, 자재(自在)-자유에 역점을 둔 의도가 충분히 이해가 됩니다. 소리를 본다고 했을 경우 귀는 부정되고 있습니다. 들으려고 하지도 않았건만 보여 오는 곳에 참으로 나타나게 됩니다. 자칫하면 우리는 보이는 것만이 존재하는 사실이며 보이지 않는 것은 존재하지 않는다고 단정하기 쉽습니다. 그러한 생각 이외에 눈에 보이는 것은 눈에 보이지 않는 것이 나타난 것이라고 하는 인식이 필요하게 됩니다.

자기의 불행을 넘어 남의 행복을 바라는 것

선천적으로 앞을 보지 못하는 불행한 사람들이 있습니다. 그들 중에는 안마사로 취업을 하는 경우가 많습니다. 이들 실명한 안마사들은 대체로 불우한 사람들입니다.

불우한 인생을 극복하며 살아가는 한 여자 안마사가 있습니다. 그녀는 성격이 명랑하고 이야기하는 것을 좋아하기 때문에 언제든지 밝게 웃으면서 사람들에게 안마를 해 주었다고 합니다. 어느 날 안마를 하면서 그녀는,

"우리 집 현관에 형광등을 설치했어요."

하면서 즐거운 표정으로 이야기를 했습니다. 앞도 보이지 않으며 게다가 혼자 사는 그녀가 비싼 공사비를 들여서 집의 현관에 형광등을 단 이유는,

"우리 집 앞의 골목길은 버스를 타기 위해 사람들이 지나다니는 지름길이기 때문에 사람들의 통행이 빈번합니다. 이 길이 어두우면 많은 사람들이 불편을 겪어야 하기 때문에 형광등을 달았어요."

그녀의 말이었습니다. 그녀는 오래도록 그것을 생각해 온 끝

에 적은 수입을 아껴 쓰고 절약해서 저축을 했고 그래서 많은 사람들이 밝은 길을 지나다닐 수 있도록 현관에 가로등을 설치했다는 것이었습니다.

경우에 따라서 인간은 자신이 지은 죄업을 깨닫고 조금이라도 마음의 빚을 갚기 위해 선행을 하는 사람이 있습니다. 물론 그것도 거룩한 일이며 소중한 일입니다. 그러나 별로 죄를 쌓을 일이 없는 이 안마사가 앞을 못 본다고 하는 커다란 불행을 안고 살아가지 않으면 안 되는 데도 전혀 어두운 모습을 나타내지 않고 자신의 불행을 넘어서서 다른 사람들의 행복을 바라고 남을 위해 도움이 되는 길을 택해서 적극적으로 살아가는 모습은 거룩한 일이 아닐 수 없습니다. 우리는 바로 이 사례에서 관세음보살의 마음이 있다는 것을 배울 수 있습니다.

보살(菩薩)은 보리살타를 줄인 말입니다. 그것은 깊은 깨달음을 구하는 사람이란 뜻입니다. 그렇다고 해서 특별히 선택된 사람은 아니며 누구든지 마음의 눈을 뜨고자 서원(誓願)을 세우면 바로 그 사람이 보살입니다. 일단 서원을 세우고 나면 자신의 완성보다는 먼저 다른 사람에게 좋은 덕(德)을 베풀어야 합니다.

앞서 나왔던 보타락산의 이야기에 이 뜻이 잘 나타나 있습니다. 여기에 이르면 관자재보살이 다른 사람의 행복을 우선적으로 생각하는 수행자라는 것을 잘 알 수 있습니다.

인간완성을 위한 6가지 덕목(德目)

18세기의 고명한 한 선사는 "관음이란 다름 아닌 그대 자신이다"-관음이란 높은 곳에 있는 자기 이외의 존재로 알아서는 안 된다. 당신 자신이 바로 관음이다-이렇게 단언하고 있습니다.

관음이란 다른 사람이 아닌 바로 자기 자신이라는 사실을 명심해야 하겠습니다. 진리를 구하기 위해 찾아 나선 우리 자신이 관음입니다. 거울을 보는 것이 자신의 모습을 만나게 되는 일인 것과 마찬가지로, 두 손을 모아 합장하고 관음을 숭배하는 것이 자신의 참 마음을 만나게 되는 것입니다.

심반야바라밀다(深般若波羅蜜多)- 깊은(深) 반야바라밀다-라고 되어 있습니다. 여기서 깊다는 것은 무엇을 의미하는 것이겠습니까?

그것은 경의 제목에 들어 있는 마하(摩訶)가 다른 것과 비교했을 때의 큰 것이 아닌 것과 같이 깊다는 것도 얕다는 것과의 대비에서 온 말이 아니며 사물을 바르게 보기 위한 공(空)의 입장에 철저히 들어가 있음을 뜻하는 것입니다. 철저한 공의 입장에 들어가 있다는 것은 앞에서 두 개의 볼록렌즈의 예를 통하여 이미 본 바 있습니다.

첫째, 렌즈의 투시만으로는 단순한 허무감에 지나지 않으며,

둘째, 렌즈를 투과한 풍광-현실을 있는 그대로 받아 세우고 그곳에서 공을 똑바로 보는 것이 심반야바라밀다(深般若波羅蜜多)입니다.

그 경지를 범어(梵語)의 현대어로 번역하면 '심원한 지혜의 완성을 행할 때'라고 표현할 수 있습니다. 인간이 인간으로서 수행을 완성되기 위해서는 육바라밀(六波羅蜜)을 실제로 수행해야 합니다. 이 육바라밀은 단독으로 되어 있는 것이 아니며 서로 저마다 표리일체(表裏一體)가 되어 상관관계를 맺고 있습니다.

육바라밀(六波羅蜜)

우리나라 불교에서 가장 중요하게 여기는 것이 보살의 실천입니다. 보살은 이 육바라밀(六波羅蜜)을 수행함으로써 피안의 언덕인 깨달음의 세계에 도달하여 열반의 세계에 이르는 실천수행법입니다. 육바라밀은 보시(布施)·지계(持戒)·인욕(忍辱)·정진(精進)·선정(禪定)·반야바라밀(般若波羅蜜)의 여섯 가지로 구성되어 있습니다.

보시바라밀(布施波羅蜜)

보시(布施)는 남에게 베푸는 일을 말합니다. 보시는 재시(財施)·

법시(法施)·무외시(無畏施)의 세 종류로 나누어집니다. 재시(財施)는 자비심으로서 다른 이에게 조건 없이 재물을 베풀어 주는 것이고, 법시(法施)는 어리석은 사람에게 진리의 법을 전하여 선근(善根)을 자라게 하는 것이며, 무외시(無畏施)는 스스로 계(戒)를 지켜 두려워하는 사람에게 위안과 용기를 주는 것입니다. 베풀고 또 베풀면서도 어떤 보답을 바라거나 남에게 베풀었다는 생각마저 갖지 말아야 진정한 보시바라밀(布施波羅蜜)을 행한다고 말할 수 있습니다.

지계바라밀(持戒波羅蜜)

지계(持戒)는 부처가 제자들의 비도덕적인 행위를 경계하기 위하여 설정해 놓은 법규를 지키고 범하지 않겠다는 마음에서 출발하여 스스로 청정(淸淨)해지는 것을 말합니다. 대승불교의 대표적인 계율인 십선계(十善戒) 등을 실천하여 모든 중생을 살찌게 하는 행위까지를 포함하는 것입니다.

인욕바라밀(忍辱波羅蜜)

인욕(忍辱)이란 욕된 것을 참는 일을 말합니다. 어려움과 욕된 것을 인내하고 용서하여 결국은 선함으로 돌아가게 함입니다. 인욕(忍辱)에는 복인(伏忍)·유순인(柔順忍)·무생인(無生忍)·적멸인(寂滅忍)네 가지 과정이 있습니다.

복인(伏忍)은 화가 나는 일이 생기면 우선 불같이 솟아오르는 그 마음을 조복(調伏)하여 억누르는 것입니다. 그러나 역경(逆境)만 참아서는 안 됩니다. 즐거운 마음의 순경(順境)도 참아야 합니다. 역경을 참지 못하면 분노가 치밀어서 격하기 쉽고, 즐거운 마음을 참지 못하면 유혹에 빠져서 몸과 마음이 쇠하기 쉽기 때문입니다.

다음 유순인(柔順忍)으로 사람이 참을성이 몸에 베이면 저절로 조복(調伏)이 되어서 역경(逆境)이나 순경(順境)을 만날지라도 마음이 흔들리지 않는 경지에 이르게 되는 것입니다.

다음은 무생인(無生忍)으로, 참고 견디어서 인생이 무상하며 세상이 허황함을 깨닫고 일체만법(一切萬法)이 인연으로 모였다가 인연으로 흩어지는 진리를 깨닫게 되면 별로 성낼 것도 없고 참을 것도 없다는 진리를 깨닫는 단계입니다.

마지막 적멸인(寂滅忍)으로, 생사고해를 뛰어넘어 열반의 경지에 이른 경계를 의미합니다.

정진바라밀(精進波羅蜜)

정진이란 끊임없이 실천수행하는 것입니다. 대중들 속에서 대중들과 함께 저 깨달음의 언덕으로 가기 위해 게으름을 피우지 않고 수행의 실천을 지속해 나가는 것입니다.

선정바라밀(禪定波羅蜜)

선정(禪定)이란 고요하게 마음을 가볍게 하고 정신을 한곳에 집중하는 것을 말합니다. 그렇게 함으로써 온갖 망상과 번뇌와 시끄러운 마음을 가라앉히고 피안으로 마음을 열어가는 것입니다.

반야바라밀(般若波羅蜜)

반야(般若)란 최상의 지혜를 뜻합니다. 망상이나 미혹됨이 아닌 진리의 깨달음을 의미합니다. 이 깨달음의 지혜로 보살은 나머지 다섯 바라밀을 수행 실천함으로써 중생을 구제하는 것입니다.

지금은 이 보시(布施)의 의미가 잘못 해석되어 쓰이고 있는 경우가 많지만, 우리는 이 뜻을 정말로 바르게 알아야 합니다. 보(布)는 땅에 스며드는 것과 같이 끝없이 넓게 스며들어 가는 것입니다. 시(施)는 흔히 쓰이듯 베풀어 준다는 복지적인 행위가 아니며, 감사하는 마음으로 사회에 대한 답례로써 되돌려 바치는 행위입니다.

사람이 참된 인간이 되기 위한 가장 첫 번째 수행의 목적이 모든 사람을 행복하게 하는 것이지만, 처음부터 무한을 생각하면 너무나도 까마득한 일이 되어 버립니다. 먼저 자기 주변의 가까운 사람, 한 사람을 택해서 정성을 바치는 것부터 실천할 수 있도록 시작하면 되는 것입니다. 이것이 참된 보시의 마음입니다.

이와 같이 가까운 곳에서 선택한 한 사람을 위해 자신이 할 수 있는 모든 정성을 다해 바치는 보시의 마음이, 사회생활을 해나가는 데 있어서도 또 자신이 이 세상을 살아가는 보람과 가치를 실현하기 위해서도 지극히 소중한 것입니다. 그러나 우리는 그것을 잘 알고 있으면서도 좀처럼 실천하기가 어렵기 때문에 그것을 추진하는 원리가 되는 것이 둘째 항목의 '지계(持戒)'-계율(戒律)을 갖는 것입니다.

계(戒)는 삼가하고 조심하는 근신(謹愼)입니다. 그리고 좋은 일은 부지런히 행(行) 해야 하며 나쁜 일은 피해야 한다는 타이름이며 훈계이기도 합니다. 이것은 사람이 살아가는 기준이므로 율(律)이라고 하며 계율(戒律)이라고도 합니다. 그러나 부담스럽게 생각할 것은 없습니다. 율(律)은 리듬이므로 인간생활에는 알맞은 리듬이 있어야 한다는 뜻으로 받아들일 수 있습니다. 인간으로서 바람직한 일을 열심히 하고 바람직하지 못한 일에서 떠날 수 있는 리듬을 유지해 나가는 것에서 즐거운 생활이 이루어지는 것입니다. 이 즐거운 리듬을 탈 수 없는 곳에 인간의 고민이 있습니다. 도덕이나 법률만으로는 사람답게 살아가지 못하는 약점을 인간은 누구나 지니고 있습니다. 알고 있으면서도 그것을 못하는 것이 그것이며, 또 살기 위한 이른바 필요악이란 것도 그것입니다. 그래서 계(戒)에는 삼가함과 훈계함이 같이 포함되어 있는 것입니다.

악인의 마음속에도 불당(佛堂)이 있다

인간완성을 위한 세 번째 목적은 인욕(忍辱)입니다. 온갖 수모
와 박해를 잘 견디고 참는 인내(忍耐)를 말합니다. 율(律)을 간직하
고자 한다면 먼저 자신의 안팎에서 일어나는 유혹에 잘 견디고
이겨내야 합니다.

불교의 인(忍)은 세상에서 흔히 말하고 있는 것처럼 이를 악물
고 참고 견디는 것이 자신의 운명이라고 생각하면서 무조건 참
으면서 체념하는 그런 것이 결코 아닙니다. 사람은 서로 사랑해
야 하며 아껴주어야 한다는 인간의 도리를 잘 알면서도 자칫하
면 서로 미워하는 경우가 흔히 있습니다. 하지만 이 흐트러진 리
듬의 깊은 밑바닥에는 결코 흐트러지는 일이 없는 불변의 선한
마음이 있다는 것을 굳게 믿는 것이 '인(忍)입니다.

어느 큰 스님이 있었습니다. 어느 날 큰 스님이 여행 중에 타
고 가던 배 안에서 술에 취한 사람으로부터 행패를 당해 이마가
터지고 유혈이 낭자하게 됐습니다.

곁에 있던 제자가 일어서서 술에 취한 남자가 달려드는 것을

116

막으면서 맞서 싸우려고 하자, 큰 스님은 제자의 행동을 제지하며 말했습니다.

"때리는 사람이나 맞는 사람이나 모두 다만 한 순간의 꿈결에 빚어지는 장난인 것이니라."

때리는 사람과 맞는 사람, 미워하는 사람과 미움을 받는 사람, 실로 불가사의한 슬픈 만남이지만 그것은 다만 한 순간의 까닭 없이 바람도 안 부는데 물결치고 지나가는 파도와도 같은 것입니다. 실로 허망한 아무 근거도 없는 일입니다. 사랑과 미움이 물결치는 세상과는 달리 모든 인간, 내면의 밑바닥에는 세속적인 사랑이나 미움으로는 움직일 수 없는, 참된 인간의 깊은 마음이 있는 것입니다.

13세기 정토진종(淨土眞宗)을 열었던 개조(開祖)가 유배를 당했을 때의 일입니다.

바람 불고 비가 오는 추운 날이었습니다. 유배 길에 한 어촌마을을 지나며 묵을 곳이 없었던 그는 어느 어부의 집에서 하룻밤 머물기를 청했지만 어부의 집에서 거절을 당하고 어부가 끼얹은 더러운 물까지 뒤집어쓰게 됐습니다.

하지만 개조(開祖) 일행은 새벽녘 강한 바람이 휘몰아치는 그 집 문간 차양 아래서 서로 끌어안고 매서운 추위를 견디면서 그 어부를 위해 열심히 염불을 했습니다. 염불 소리에 잠이 깨어 일어난 어부는 비로소 자기가 한 일을 후회하면서 깊이 사과했습니다. 머리를 조아리며 사과하는 어부에게 개조(開祖)는 말하였습니다.

"사람의 마음속에는 반드시 좋은 것이 있습니다. 부처님은 그 마음을 스스로 찾아서 갖도록 해 주는 것입니다."

이렇게 간곡한 마음으로 그를 타이르고 격려해 주었다는 이야기가 전해지고 있습니다. 자기를 미워하는 사람의 마음속에서 불당(佛堂)을 찾아주었던 것입니다.

사람에게는 날마다 평안하고 크게 기쁜 일만 있으라는 법이 없습니다. 고민도 있고 번뇌도 있습니다. 이것을 미리 각오하여 순수한 마음으로 받아들이면서 모든 것이 공(空)임을 깨닫는 관(觀)에 눈을 뜨게 될 때, 그 바람직하지 못한 나쁜 조건 덕분에 자기 자신이 충족되어 가는 것을 알 수 있게 됩니다. 그것이 인(忍)을 실천하는 사람의 기쁨인 것입니다.

세상은 마음먹은 대로 되는 것이 아닙니다. 뜻대로 되는 것은 진실한 의미의 인생이 아닙니다. 한쪽의 호의가 통하지 않을 뿐만 아니라 도리어 악의가 돼서 되돌아오는 경우마저도 흔히 있습니다. 선의의 노력이 선(善)으로서 보답받지 못하고 끝내 이루어지지 못하는 안타까움과 슬픔을 우리는 살아있는 한 맛보지 않을 수 없는 것입니다.

정진(精進), 한마디로 부지런히 노력하는 것입니다. 특히 자기 자신을 건설하는 노력에 온 힘을 다해야 합니다. 석존의 인생관은 이 정진(精進)의 두 글자로 대변한다 해도 무리는 없는 것 같습니다. 석가께서 열반에 드실 때, 최후의 설법도 이런 말씀이었습니다.

"여러분, 진심으로 정성껏 노력하는 정진(精進)이 있기를 바랍니다. 일체의 만물은 쉴 새 없이 변천하며 태어나고 죽고 생겨나고 없어지고, 죽어서 다시 태어나며, 없어진 것이 다시 생겨나는 전변무상(轉變無常)의 세상, 바뀌며 흐르는 순간에 비치는 모습이기 때문입니다."

이와 같이 우리가 눈앞에 당장 보고 있는 상황 그다음에 오는 상황을 미리 예상하고 그것을 묵묵히 꿰뚫어 보는 것입니다. 철저하게 공(空)을 찾고 그것을 인정하는 무상관(無常觀)의 지혜로 인생의 참 뜻을 받아들이는 것입니다. 석존은 생활을 위해서 열심히 일하는 근면도 중요하지만 참된 인간의 길을 찾는 마음을 일으키지 못하는 사람을 게으른 인간으로서 엄히 꾸짖고 있습니다.

마음의 밭을 갈라

석존이 제자들과 함께 부처의 길을 전파하기 위해 긴 여행길을 가고 있었습니다. 석가 일행과 스치고 지나게 된 한 농부가 물었습니다.

"수행자들이여, 지금은 농번기로 몹시 바쁜 계절이오. 당신들도 논밭을 가는 일을 조금 도우면 어떻겠습니까?"

하면서 비난의 눈초리로 힐난하는 것이었습니다. 그러나 석존은 평소와 같이 조용한 미소를 띠우며 말했습니다.

"나도 논밭을 갈고 있습니다."

"농기구도 없이 어떻게 무엇을 간다는 말이오?"

하면서 핀잔을 주었습니다. 석가는 오른편 손을 농부의 가슴에 대고 왼쪽 손을 자신의 가슴에 대면서 이렇게 대답했습니다.

"나는 이곳을 갈고 있습니다. 마음의 밭도 방치해 두면, 굳어져서 단단해지는 땅과 같이 잡초가 돋아나게 될 것입니다. 끊임없이 가르침을 들어서 마음을 부드럽게 하고 가르침을 순수하게 받아들이고 믿음의 씨를 뿌려야 합니다. 지혜의 거름을 주어서 꽃이 피게 하고 사람들이 행복하게 되는 자비의 과일이 열매

맺도록 당신과 나의 마음의 밭을 갈고 가꾸어 나가고 있는 것입니다."

여래(如來)란, 부처를 가리키는 칭호의 하나이며 최고의 안전이란 의미입니다. 독일의 불교철학자 르만 베크는 여래(如來)를 '문화인격자'로 번역하고 있습니다. 문화(culture)의 뜻은 갈고 가꾸는 것이므로, 문화인이란 갈고 가꾸는 사람이 됩니다. 그래서 여래란 말은 마음의 밭을 갈고 가꾸는 일에 정진하는 사람이 되는 것입니다.

육바라밀의 다섯 번째 항목은 선정(禪定)입니다. 선(禪)은 디야나(Dyana)의 발음을 소리 나는 대로 옮겨 쓴 것이며, 정(定)은 '마음을 안정시키는 것'이라는 의미입니다. 깊고 그윽한 가운데 마음을 푹 놓고 안심한 상태로 조용히 앉아서 선을 행하는 좌선(坐禪)과 통합니다. 좌선을 즐겨하며 그 안에서 삶의 보람을 찾던 왕이 있었습니다.

"이 한 밤을 지새우는 창가의 등불, 깊어가는 밤을 따라 곰곰이 생각에 잠기면 그림자도 고요하고 나도 고요한 것을…"

이렇듯 조용히 가라앉는 마음의 경지를 기록하여 좌선의 기쁨을 후대에 남기기도 했습니다. 드디어 다 타서 꺼지려고 하는 등불의 불빛은 희미하게 고요할 뿐입니다. 그 아래 단정히 앉아 생각에 잠기면, 내 마음은 이 등불이 다하는 것과 내 그림자의 깊이의 두 곳에 걸쳐 있습니다. 이와 같은 고요함이 현대인에게는 필요합니다.

　파도와 깊은 바닷속의 물은 별개의 것이 아닙니다. 다만 물결을 잔잔하게 가라앉히면 지금은 성난 파도를 일으키는 물결도 고요하게 침잠한 깊은 물속과 하나가 됩니다. 또한 고요한 수면을 보고 있으면서 이 수면도 어느 날엔가는 물결치리라. 또 파도가 높게 일고 있는 수면을 보면서 이 거칠게 뛰놀고 넘실거리는 것은 언제나 그런 모습이 아니라는 것을 알아야 하겠습니다. 바람이 잠잠해지면 거울처럼 맑고 고요해질 것이며, 그 밑바닥에는 움직임 하나 없는 고요하기 그지없는 바닷속이 있다는 것을 볼 수 있습니다. 그것을 보는 혜안이 곧 반야(般若)의 지혜입니다.

　어느 선사는 "아직 일지 않는 파도 소리가 고여 있는 물 위에 있느니라. 이것을 마음으로 들어라"고 노래하고 있습니다.

　물결도 일지 않고 있는 잔잔한 수면 위에 머지않아 일어날 노한 파도소리를 마음으로 들으라는 것입니다. 현실의 상태 가운데 숨어 있는 것이 있음을 귀로 보고 눈으로 들으라는 말입니다. 그것이 관음의 활동이며 능력과 기능을 발휘하는 실천입니다. 바쁘게 뛰어다닐 때에도 마음의 밑바닥에는 고요가 깃들어 있어야 합니다. 평소 차분하고 가라앉은 상태로 있다가도 언젠가는 감정의 물결이 고조될 때가 있을 것을 미리 생각하면서 스스로 대비하며, 조용히 바라보는 것이 선정(禪定)의 기능적 활동입니다.

성불(成佛)이란 또 하나의 자신에 눈 뜨는 것

참된 인간으로서 완성되기 위해서는 육바라밀(六波羅蜜)의 실천이 필요합니다. 그것의 실천을 위해 노력하는 사람을 보살(菩薩)이라고 합니다. 인간은 본디 존엄한 인간성을 지니고 있으면서도 그것을 자각하지 못하고 있습니다. 육바라밀의 실천을 통하여 인간성에 눈뜨게 되는 것을 성불(成佛)이라고 합니다.

성불이란 참다운 인간이 된다는 것을 가리키는 말입니다. 이 세상 모든 사람들은 부처가 될 수 있는 가능성을 지니고 있습니다. 그러나 전 인류가 모두 성불하게 되는 날은 아마도 영원히 없을 것입니다. 그럼에도 불구하고 그것을 바라지 않을 수 없다는 사실에 염원(念願)의 영원성이 있습니다.

파스칼은 '인간은 생각하는 갈대'라고 했지만, 생각한다고 하는 행위의 깊은 내면에 사랑하는 마음이 없다면 그 생각은 결코 지혜가 될 수 없을 것입니다.

말[言], 즉 말씀을 사랑하는 사람은 말을 깊이 생각해서 합니다. 이렇듯 사람을 사랑하는 사람은 사람을 깊이 생각하며 대합니다. 자신을 사랑하고 자신의 인생을 사랑하는 사람은 그 속에서 지혜가 싹트는 것입니다. 지혜의 뒷받침이 되는 것이 자비(慈悲)입니다. 또한 불가능하다는 것을 알고 있으면서도 마음속 깊이 그것을 염원하지 않을 수 없는 것이 자비입니다.

모든 의사들이 포기를 하고, 자기 자신마저도 절망적인 것으로 알고 있으면서도 죽음이 임박한 자식을 무슨 수를 써서라도 살려내고 싶어서 정성을 다해 그것을 염원(念願)하지 않을 수 없는 것이 부모로서의 자비(慈悲)입니다.

인간의 힘으로 어찌할 수 없는 확정적인 사실로써 종지부가 찍혀졌을 때 그것이 받아들여질 가망성은 없지만 살아있는 한, 그래도 그것을 하늘 끝까지라도 찾아가지 않고는 못 배기는 그 염원의 저변에는 자비(慈悲)가 있습니다. 오직 내 자식이나 나의 부모라고 하는 작은 범위를 벗어나 모든 사람의 행복을 염원하는 자비가 부처의 자비(慈悲)입니다.

우리에게 깊은 교훈을 안겨 준 선사가 있었습니다. 그는 이렇게 말하고 있습니다.

"영원한 것을 찾아서 영원히 노력하는 사람을 보살(菩薩)이라고 한다. 그러나 구하면 구할수록 보살의 길은 더욱더 멀어진다. 하지만 우리는 오늘도 이 길을 가는 것이다."

진실로 이 길을 향해 걸어갈 때 드디어 아득한 무한의 저편에서 위대한 지혜의 눈이 열려오는 것입니다.

육바라밀의 여섯째인 '반야바라밀'의 '반야(般若)'는 '지혜'입니다. 따라서 심경의 '심반야(心般若)를 행한다'는 것은, 육바라밀의 대소(大小)와 경중(輕重)의 구별 없이 때와 장소와 상황에 맞추어 주격(主格)이 되고 조언자가 되면서 일체를 이루어 나간다는 뜻입니다. 그러므로 심반야는, 심보시(心布施)·심지계(心地戒)·심인욕(心忍辱)·심정진(心精進)·심선정(心聖典)의 의미까지를 포괄하고 있는 것입니다.

지혜에 대해서는 앞에서 이미 말한 바와 같이 자기 안에 내재되어 있는, 세상의 어떠한 유혹에도 흔들리지 않는, 선(禪)을 깨닫는 최고의 인식을 말하는 것입니다. 그것을 구체적으로 말하면 모든 존재의 원점은 공(空)이라는 것을 인식하고 이해할 수 있는 지혜를 말하는 것으로써, 지식과는 전혀 다른 차원의 인식임을 확인해야 하겠습니다.

반야심경(般若心經)은 이 반야의 지혜가 주역이 되고, 다른 다섯 가지의 바라밀(波羅蜜)이 수행 실천하는 위치에 있다고 보아야 하겠습니다.

영국의 문명비평가 허버트 리드는 다음과 같이 말했습니다.

"지혜는 이성과 로맨티시즘romanticism(본능·직관·상상력 그리고 환상·환각을 포함한 말)과의 사이에서 흔들리고 움직이면서 그 사이

125

에 조화와 균형이 잡히는 장소를 찾아내는, 바늘을 찾아내는 자석과도 같은 것이다."

지혜는 바늘을 찾아내는 자석과도 같은 것이라고 지적한 점은 참으로 의미심장한 발언이 아닐 수 없습니다. 우리는 스스로 자신을 인간답게 하는 존엄한 인간성을 자기 안에 이미 지니고 있으면서도 그것을 느끼지 못하고 방황하면서 괴로워하고 있는 것입니다.

이것은 이해할 수 없는 일이라고 말할 수도 있겠지만 그렇기 때문에 인간이라고 할 수 있는 것입니다. 이것은 망상(妄想)과 집착(執着)이 원인이 되어 오는 현상입니다. 진실이 아닌 것을 진실인 것처럼 오해하는 것이 망상이며, 온전한 정신 활동을 저해하는 것입니다. 집착은 무언가에 마음이 사로잡혀, 특히 자기 자신의 이기적인 이해에만 밀착되어 움직일 수 없게 된 상태입니다. 이 두 가지만큼 사람의 정신을 침체시키고 부패시키는 것은 없습니다.

망상(妄想)과 집착(執着)은 마음이 병든 상태입니다. 그것을 건강하게 하기 위해서는 자기 자신을 꽉 붙들고 놓지 않는 마음의 상태를 풀어헤치고 누그러뜨리는 부단한 노력을 해야 합니다. 이때, 지혜가 중요한 구실을 하게 되는 것입니다.

우리의 마음속은 욕망과 감정대로 흔들리고 움직이는 일상적인 자아와 그것에 호소하여 바로 서 주기를 요구하는 본질적인 자기가 살고 있는, 즉 동행하는 두 사람이 대립하고 있는 상태입니다.

그럼에도 불구하고 대부분의 경우는 본질적인 자신을 잃어버리고, 일상적인 자아만이 사실상의 자신이라고 생각해 버리는 것입니다. 더욱 좋지 않은 현상은, 그것을 고집하고 집착해서 자아중독에 걸려 있는 까닭에 본질인 자신의 존귀함을 전혀 느끼지 못하고 있는 것입니다. 이와 같은 상태에서는 다른 사람의 인격이 얼마나 존귀한 것인가를 알 수 없습니다.

한 쌍을 이루고 있는 자아의 한 쪽인 본질적인 자기를 마음속 깊이 파묻어 버리고, 일상적인 자아만이 혼자만의 여행을 힘겹게 하고 있는 것이 현실입니다.

참된 내면의 지혜를 발견함으로써 '두 사람의 나'와의 대화가 가능하게 됩니다. 이 대화가 수없이 이루어지는 사람의 인생은 인생으로서의 나그네 길이 행복한 것이며, 이 사람이야말로 자기 안에 깊숙이 자리 잡고 들어 있는 인간의 존엄성에 눈을 뜬 자각(自覺)된 지혜를 지닌 참 지혜의 인간인 것입니다.

무슨 일이 있을 때마다 울기도 하고 웃기도 하는 감성적인 일상생활에 있어서의 나와, 그것을 일깨워주는 본래의 자기가 있습니다. 이 동행하는 두 사람은 때로 나란히 걷기도 하고 때로는 앞서거나 뒤에 처질 수도 있습니다.

현대인은 본질적인 자기부재(自己不在)로 일상적인 자아 혼자

만이 외톨박이가 되어 외롭게 살아가고 있습니다. 외톨박이인 까닭에 외로우며 고독한 자신을 느끼는 것이 두렵기 때문에 유행과 조직 속에 몸을 숨기고자 하는 것입니다.

어떤 시인의 시에 '기침을 해도 재채기를 해도, 외롭게 나 홀로'라는 구절이 있습니다. 외롭고 쓸쓸해서 견딜 수 없다고 느끼는 것은 그 자신을 바라보고 있는 또 한 사람의 자신을 보는 지혜의 눈이 어둡기 때문입니다.

옛 중국의 사언(師彦)이라고 하는 스님은, 세속의 욕망이 불쑥불쑥 나타나는 현실의 자아와 그것을 억제하려는 마음속 깊은 곳의 자기와의 대화를 통해 정진(精進)을 했다고 합니다. 욕망에 굴복하려는 자아와 욕망을 억제하려는 자기 사이에서 치열하게 논쟁을 했던 것입니다.

스님은 깊은 곳의 자기를 '주인공'이라고 부르기로 하고, 매일 좌선을 하면서 깊은 곳에 있는 자신을 "주인공!"이라 부르고, 자신이 대신해서 "예!"하고 대답을 하면서 대화를 했습니다. "주인공"하고 부르는 것도 자신이었고 "예"하고 대답하는 것도 같은 자신이었습니다. 대답하는 쪽의 자신은 본래적 자기이며 부르는 쪽의 자신은 감성적 자아로서, 평범한 사람인 범부(凡夫)와 이상인(理想人)인 부처가 함께 살고 있기 때문에 불범동거(佛凡同居)라고 합니다.

이 사실을 느낄 줄 모르는 현대인은 감성적·일상적인 자아의 외톨박이 생활로 자신은 고독하다고 그릇된 생각을 하고 있는 것입니다. 다른 사람과의 단절(斷絶)을 탄식하기에 앞서 먼저 자기 자신과 만나는 기회를 자신이 자청해서 피하고 있다는 사실, 그 어리석음을 슬퍼해야 하지 않겠습니까?

거울 속에 내가 있다

우리나라 문단에서 나름 이름을 알리고 있는 어떤 시인의 초
등학교 6학년 때에 발표한 시 한 구절을 인용해 봅니다.

거울 속에 내가 있다
나의 눈에 내가 있다
화났을 때에도 슬플 때에도
자연스럽게 방긋방긋 웃으며 다가오는
거울 속의 내가
나에게 무엇인가 이야기한다
그러면 나는 순박하게 된다
거울 속에 내가 있다
나의 안에 내가 있다.

이 소년의 시 가운데, 감성적인 자아와 본질적인 자기의 두 사
람이 동행이인(同行二人)으로서 인생의 나그네 길을 가는 모습과
두 사람의 '나'의 대화를 느낄 수 있습니다.

이 시에서는 실물 원작자 자신을 말할 때에는 '나'를 쓰고, 거울에 비치는 모습을 '내'라고 표현하고 있습니다. 따라서 '나'는 현실의 감성적인 자아를, 거울에 비친 '내'는 본질적인 자기를 나타내는 의미로 쓰고 있습니다.

거울 속의 내가 나에 대해서 무언가 이야기를 걸어오고 있다는 데 대해서는 누구나 경험이 있을 것입니다. 감정이 격했을 때 자신의 모습을 비추는 거울 속의 나를 보면 너무나 천박해 보이는 나 자신의 모습이 보입니다. 그것을 바라보고 있으면 또 한 사람의 내(나) 목소리가 들려옵니다. 이 시를 쓴 소년은 '그러면 나 자신은 순박하게 된다'고 고백하고 있습니다.

이 점이 중요한 것입니다.

끝부분의 두 줄-'거울 속에 내가 있다. 나의 안에 내가 있다'-이 안에 재주부리지 않은 진실이 표현되어 있음을 느낍니다.

모인 것은 반드시 흩어진다

조견오온개공 도일절고액(照見五蘊皆空 度一切苦厄)

앞절의 심반야바라밀다(深般若波羅蜜多)를 행(行)하는 때가 이 조견(照見)에 걸려 있습니다. 이때를 가볍게 생각해서는 안 될 것입니다. 그것은 시간적인 점, 즉 시점(時點)만을 의미하는 것이 아니고 심반야바라밀다를 행할 때는 '어디서나'라고 하는 장소가 포함되어 있습니다. 언제 어디서라고 하는 시간과 공간을 포괄한 의미에서 시(時)·공(空)을 초월한 영원의 의미가 담겨 있는 것입니다. 그래서 다음의 조견(照見)으로 이어지는 것입니다. 그리고 다음은 오온(五蘊)이라고 하는 말이 나옵니다. 온(蘊)은 스칸다프의 역어로써 '활동을 하면서 모여 있는 것'이란 뜻입니다. 모든 존재하는 것은 각각 독자적인 활동을 함과 동시에 한 곳에 모여서 임시로 쌓아 올린 가적(假籍) 상태에 지나지 않는 공(空)적 존재라고 하는 것입니다.

예를 들면 인간을 정신과 육체 둘로 나눌 때, 육체를 색(色)이라고 하고 정신은 수(受)·상(想)·행(行)·식(識)의 네 가지가 모여서 이루어지고 있습니다. 수(受)는 감각 감정, 상(想)은 개념입니다.

길고 짧고, 크고 작고, 괴롭고 즐겁다는 것은 모두 마음속의 느낌을 떠올려서 알아차리는 작용입니다. 행(行)은 의지의 작용이며 의지활동을 가리킵니다. 식(識)은 대상을 분석하거나 분류해서 인식하는 작용이므로 지식입니다.

이 다섯 가지가 각각 나름대로의 활동을 하면서 또한 한 곳에 모임으로써 형성되는 것이 인간을 비롯한, 세상에 있는 모든 존재인 것입니다. 그러므로 오온(五蘊)은 존재하는 것, 실존이며 현실입니다. 따라서 '오온(五蘊)이 모두 공(空)'이라고 하면 존재도 모두 공(空)'이라는 뜻이 됩니다.

얼핏 보면 존재하고 있는 무언가가 있는 것 같지만 사실은 그저 그렇게 보일 뿐이지, 여기서 말한 다섯 가지의 것은 한 파트가 되어 모임으로써 합세되어 있기 때문에 실체가 무엇인지 알 수가 없습니다. 모였기 때문에 반드시 흩어져 가는 것이며, 고로 공(空)이 아닌 존재는 하나도 없다고 하는 것입니다.

'존재한다는 것은 공(空)이다'

여기서는 공(空)이 갖는 의미를 생(生)과 사(死)를 중심으로 살펴보고자 합니다.

인생이라는 삶을 살아가다 보면 뜻하지 않은 불행을 만나기도 합니다. 만날 때 헤어질 것을 예견해야 하듯 헤어질 때에는 다시 만날 것을 기약해 볼 수 있습니다.

인간은 육체는 세상을 떠나도 정신만은 영원히 살아갈 수 있는 것인데 그것이 바로 조견(照見)입니다. 조견의 원어를 번역한 뜻은 '모든 것을 완전히 꿰뚫어 보았다'는 의미입니다. 꿰뚫어 봄과 동시에 지혜의 빛으로 밝게 비추어 보여주는 것입니다.

쓸쓸하고 허전한 사실을 꿰뚫어 보는 것이 제1의 렌즈이고 그 쓸쓸하고 허전한 허무함에서 무언가 진실한 것을 배울 수 있다고 느끼는 것이 제2의 렌즈입니다.

'조고각하(照顧脚荷)'라는 말이 있습니다. 발밑을 비추어 돌이켜 보라는 뜻으로써 불교에서는 '자기 자신을 돌이켜 비추어 보라, 즉 부처의 지혜의 빛이 비추어 주는 가운데 자신을 밝게 응시하라'는 뜻입니다.

자신이 비추어 보여 지고 있음을 앎과 동시에 일체의 모든 것을 비추어 보며 가는 반야의 지혜를 깨닫게 하는 것이 자신과 다른 사람이 구원을 받고 구제되어 가는 진리의 길이며 기쁨임을 밝혀서 보여 준 것이 '조견 오온개공(照見 五蘊皆空)'입니다.

즉, 모든 존재는 공(空)이니 '육신과 물질의 욕망에 사로잡히지 아니하는 눈을 뜨라'고 깨우쳐 주는 가르침인 것입니다.

지금 이 시각에도 세상 어느 곳에서나 새로운 생명이 태어나고 있습니다. 그러나 현대의학의 발전에도 불구하고 경우에 따라서는 인큐베이터 속에서 태어나자마자 죽는 비극적인 생명도 있습니다. 어린 생명을 앞서 떠나보낸 어떤 부모들은 그 영혼을 위로하기 위해 흰 매화나무를 심고 죽은 아기의 영혼 그대로 아기 매화라고 불렀다고 합니다. 매년 봄이 되어 새싹이 나면 아기 매화가 나왔다며 기뻐했고 꽃이 피면 아기 매화가 피었다고 하며 기쁨을 나누었습니다.

어린 아들을 잃은 부모가 윙윙거리며 귀찮게 하는 파리를 잡는 자신의 또 다른 자식에게 이렇게 말했습니다.

"잡지 말라, 파리가 팔다리를 비비며 살려달라고 빌고 있지 않니?"

말을 못하는 식물에서부터 파리와 같은 미물에 이르기까지 생명의 소중함을 절감한 것입니다. 누구나 생명의 허무함을 체험하고 나면 다른 사람에게 아무런 해도 끼치지 않고 자기 나름대로 평화롭게 살고 있는 생명체나 생물을 함부로 다루는 일을 할 수 없게 되는 것입니다.

오온개공(五蘊皆空)-존재하는 모든 것이 모두 공(空)이라는 가르침을 떠올릴 수 있게 되는 말입니다. 오온개공(五蘊皆空) 임을 알게 되었을 때 비로소 생명의 존귀함을 뼈 속에 스미도록 느끼게 됩니다.

어린 생명과의 사별에 의해서 그 어린 영혼이 어디에선가 우리의 발밑을 비추어 주고 있는 것을 배울 수 있습니다. 그 아기의 영혼 뒤에서 부처의 반야의 지혜의 눈이 지켜보고 있음을 절감했기 때문인 것입니다. 그와 같이 가슴으로 받아들이는 커다란 움직임이 우리의 마음속에 묻혀 있는 것입니다.

조견(照見)-그것을 비추어 보는 것이며 빛에 의해서 비추어 보여 지고 있는 것입니다. 이곳에 평안히 쉬는 마음의 평화가 있습니다. 모든 괴로움에서 구원을 받는 도일체고액(度一切苦厄)이란, 바로 이것을 말하는 것이며 일체의 고액(苦厄-괴로움)에서 구함을 받는다는 것은 결코 괴로움이 없어지는 것이 아닙니다. 괴로움 자체는 사실로 있으면서도 그것이 고통스럽지 않게 되는 마음의 평화가 오게 되는 상태를 가리키는 것입니다.

제3장 / 허무함

존재하는 것의 의미

"모든 지어진 것은 덧없는 것이다."
이렇게 지혜로써 깨달은 사람은
괴로움을 진실로 느끼지 않아
일마다 그 자취를 깨끗이 한다.

"모든 지어진 것은 괴로움이다."
이렇게 지혜로써 깨달은 사람은
괴로움을 진실로 느끼지 않아
일마다 그 자취를 깨끗이 한다.

舍利子 色不異空 空不異色 色卽是空 空卽是
사 리 자 색 불 이 공 공 불 이 색 색 즉 시 공 공 즉 시

色 受想行識 亦復如是
색 수 상 행 식 역 부 여 시

　사리자여, 색(色)은 공(空)과 다름이 없으며, 공은 색과 다름이 없다. 수상행식(受想行識) 또한 그와 같은 것이다.

　사리자여, 이 세상에 있어서 물질적 현상에는 실체가 없는 것이며, 실체가 없는 까닭에 물질적 현상일 수 있다. 실체가 없다고 하지만 그것은 물질적 현상을 떠나서 있는 것은 아니다. - 대저 물질적 현상이라고 하는 것은 모두 실체가 없는 것이다. 이와 마찬가지로, 감각도 표상도 의지도 지식도, 모두 실체가 없는 것이다.

모든 것이 인연

　불교의 경전은 석가모니가 설법하는 형식과 누군가가 석가를 대신해서 다른 사람에게 이야기를 하는 형식으로 풀어 나가는 경우가 있습니다.

　반야심경(般若心經)은 후자 쪽이며 관세음보살(觀世音菩薩)이 사리자(舍利子)에게 깨우치는 말을 해 주고 있는 것입니다. 관음(觀音)은 실제로 살아서 실재했던 것이 아니며 석가모니가 진리를 깨달은 마음의 상징이지만, 석가를 대신하여 설법하는 사리자는 엄연한 실재의 인물입니다. 상징적인 관음이 실재의 인간에게 이야기를 걸어 간파하는 구상은 매우 흥미 있는 일입니다.

　사리자는 샤리푸트라(sariputra)의 번역어이며 사리불(舍利弗)이라고도 합니다. 사리자는 중부 인도의 옛 마가다국(國)에 있는 바라문 집안에서 태어났습니다. 사리(舍利)는 잘 지저귀는 작은 새의 이름이라고도 하며 백로의 일종이라고도 합니다.

　인도의 전설에 의하면 여자가 아이를 잉태하면 태아의 성격이 어머니를 닮아간다고 하는 속설이 있습니다. 사리자를 잉태

한 여성은 아이를 잉태하자, 이전까지와는 전혀 다른 성격이 되어 대단히 총명하고 웅변적인 사람이 됐다고 합니다. 그래서 아기가 태어나자 사리(舍利)라는 이름을 지었다고 합니다. 사리자(舍利子)는 성장함에 따라 회의파(懷疑派) 철학자의 제자가 되었고 타고난 총명과 웅변으로 두각을 나타내서 뜻을 같이 하는 사람들의 지도자로서 이름을 알리게 되었습니다. 그는 어느 날, 길거리에서 만난 '앗사지'라고 하는 사람의 예의 바른 태도에 감복하게 됩니다.

앗사지는 석가가 싯달타 왕자였던 무렵의 다섯 사람의 친구 가운데 한 사람입니다. 그는 석가와 고행을 함께합니다. 그러나 석가는 고행의 수련방법에 회의를 느낍니다. 그것은 육체적으로 괴로움을 참고 견디는 모진 수행에 대한 의문이었습니다. 고행의 수행방법으로는 시퍼렇게 살갗이 변하도록 가시나무에 누워서 수행하는 방법, 불 옆에서 살을 태우는 고통을 참는 방법, 흙속에 신체를 묻고 머리만 내밀고 부자유함을 견디는 방법, 뜨거운 태양을 바라보며 인내력을 키우는 방법 등으로 수행을 하는 사람들을 보며 싯달타는 말했습니다.

"왜 이렇게 혹독하게 육체를 꾸짖는 것인가요?"

고행을 하고 있는 사람들은 이렇게 말하는 싯달타를 향해 말했습니다.

"혹독한 육체 수행이 두렵소?"

싯달타는 아누프리야의 수행장을 떠납니다. 석가는 니란쟈나(尼連禪河)에서 목욕을 하고 스쟈타라고 하는 젊은 여성이 공양하는 젖을 짜서 만든 미음으로 피로를 풀게 됩니다. 이것을 본 앗사지는 싯달타가 타락했다며 그를 경멸하고 그에게서 떠나버립니다. 그리고 멀리 선인(仙人)이 사는 곳이라고 전해지는 녹야원(鹿野園)이라는 숲 속으로 들어가서 처음부터 석가와 함께 고행의 길을 나섰던 다섯 사람의 친구와 단결해서 고행을 계속했습니다.

싯달타는 함께 수행하던 친구들이 떠나가자 강 언덕 나무 아래에 가부좌를 틀고 최후의 수행에 돌입했습니다.

"피가 마르고 살이 터질지라도 깨달음을 얻기까지는 이 자리를 떠나지 않으리라."

붓다가야의 보리수 아래에서 좌선을 계속한 석가는 마침내 진리를 깨달아 해탈함으로써 인류 구원의 길을 열었던 것입니다. 진리를 터득해서 인류 구원의 길을 열게 된 석가는 이 기쁨을 가장 먼저 벗들에게 전하고 싶었습니다. 그래서 다섯 친구들이 있는 녹야원을 향해 약 2백 킬로나 되는 길을 7일 간 쉬지 않고 걸어서 도착하게 됩니다.

석가가 벗들에게 최초의 설법을 목표로 하였던 것은 마음 깊이 새겨 두고 싶은 점입니다. 불교에서는 선우(善友)라고 하여 좋은 벗을 얻으면 반드시 좋은 스승도 만날 수 있게 된다고 믿습니다.

하지만 다섯 벗들은 석가를 경멸하고 있었기 때문에 그가 오더라도 결코 말을 하지 않기로 서로 굳게 약속하고 있었습니다. 그런데 석가가 나타나자 말하지 않기로 했던 약속이 힘없이 무너지고 말았습니다.

이솝 이야기에, 바람이 아무리 거세게 불어도 길가는 나그네의 외투를 벗길 수는 없었지만, 햇볕이 따뜻하게 비치는 동안에 길손은 외투를 벗었다는 이야기와 같은 일이 녹야원에서도 일어났던 것입니다. 꽁꽁 얼어붙었던 다섯 사람의 마음도 석가의 따뜻한 시선과 그 품성에 감동되어 봄날처럼 풀어지고 마침내 석가의 제자가 됩니다. 그 가운데 한 사람이 앗사지입니다.

이야기가 잠시 엇나갔지만 앗사지를 만나게 된 사리자는 그 처신의 훌륭함에 놀라움을 금치 못했으며 마음이 쏠렸습니다. 이와 같이 훌륭한 사람의 스승은 필시 더욱 훌륭한 사람임에 틀림이 없다고 생각이 되어 그에게 묻습니다.

"당신의 훌륭한 인품에 존경을 표합니다. 이러한 인품이 형성될 수 있게 당신에게 가르침을 준 스승은 누구입니까?"

앗사지는 자신의 스승인 석가에 대하여 알려 줍니다. 그의 설명을 들은 사리자는 "당신의 스승은 무엇을 가르치십니까?"하고 묻습니다. 그러자 앗사지는 "모든 것은 인연(因緣)에 따라서 일어나는 것이다. 인연에 따라서 생기기 때문에 인연에 따라서 멸망하는 것이다-스승은 이와 같은 설법을 하십니다."라고 말해 주었습니다.

사리자는 이 말을 듣고 깜짝 놀랐습니다. 이와 같은 인연설(因緣說)은 다른 학파에서는 전혀 생각해 본 일도 없기 때문입니다. 그 자신도 들어본 적이 없는 처음 듣는 배움이었습니다.

사리자는 앗사지의 설명을 듣고 그때까지 품고 있던 의문점이 모두 풀려버렸습니다. 그래서 함께 동문수학한 친구 목건련(木犍連)과 함께 석가의 제자가 됩니다. 뒤에 이 두 사람은 석가의 십대제자로서 손꼽히게 되었으며, 사리자는 지혜 제일, 목건련은 신통(神通) 제일로 칭송을 받게 됩니다. 그리고 석가는 사리자를 깊이 신임해서 아들인 라후라의 지도를 맡겼습니다.

사리자는 앞서 수학했던 회의파의 철학적인 사고방식의 잔재도 남아 있었기 때문에 지혜보다는 논리적인 지식 쪽이 더 왕성했습니다. 이러한 조건 아래 있었던 사리자가 반야의 지혜의 상징인 관자재보살(觀自在菩薩)에게서 공(空)에 관한 이야기를 듣게 되는 것이 반야심경(般若心經)입니다. 이와 같은 심경의 구성을 알게 되면 한층 더 심경에 흥미가 생깁니다.

석가모니의 10대 제자

석가의 10대 제자는 45년간의 긴 전도 생활 중에 교화한 많은 제자들 가운데 10명을 가리킵니다.

사리불(舍利弗, 사리풋다, Sariputra)-지혜 제일

사리불은 처음에는 회의론자(懷疑論者) 산자야 벨라따뿟타(Sanjaya Belatthaputta)를 섬겼습니다. 석가의 가르침에 감동하여, 친구 목건련과 함께 석가의 포교에 참가하였으며 그때 산자야 교단의 250명이 그들과 함께 개종했다고 전해집니다.

불교 교단에 있어 사리불은 '지혜 제일'이라고 칭해지고 있으며 석가모니는 그를 수제자와 같이 아꼈다고 합니다. 화엄경(華嚴經), 반야심경(般若心經)등 중요한 경전을 설파하실 때에는 사리불을 중심으로 이야기하셨습니다.

석가의 가르침과 깨달음을 가장 잘 이해함으로 대중들을 교화하는 일을 맡았으며 때로는 석가를 대신해 설법을 할 때도 있었습니다. 불교 교리를 쉽게 정리하는데 일조하여 대승불교의 기초를 닦았습니다. 사리불은 석가모니의 열반 이전 자신이 태어난 고향인 나알라다 촌에서 입적했습니다.

목건련(目建連, 목갈라나, Maudgalyayna)-신통 제일

사리불과 친한 친구이며 사리불과 함께 산자야의 교단에 있었으나 사리불의 설득으로 석가모니의 포교활동에 나섰습니다. '신통 제일'이라고 전해지는 그에 대한 유명한 전설이 많이 전해집니다. 그중 하나가 당시 일부 신도들이 교단을 이탈할 때 하늘을 날아오르는 신통력으로 그들을 설득했다고 합니다. 신통이란 초자연적 능력을 말하는 것이며 전설에 의하면 목건련은 신통력 때문에 타교단의 시기를 받아 탁발하는 도중에 브라만교도들이 던진 기왓장과 돌에 맞아 입멸(入滅) 했다고 합니다.

가섭(摩訶迦葉, 마하가섭, Mahākāśyapa)-두타(頭陀) 제일

인도 왕사성에서 바라문의 아들로 태어나 일찍이 결혼하였으나 12세에 부모를 잃고 세속적 욕망의 무상함을 깨달아 부부가 함께 출가하였습니다.

'두타'란 금욕(禁慾)을 뜻하는 말입니다. 그는 출가하여 8일 만에 '아라한'과에 들었다고 합니다. 아라한이란 번뇌가 없어지고 더 이상 윤회하지 않는 경지입니다. 석가의 제자 중 가장 청렴한 인격자로 알려져 있으며, 스스로에게 엄격하고 규율을 잘 지킨다 하여 행법, 두타 제일로 불리고 있습니다.

석가의 사후에는 장로로서 교단을 통솔하였습니다. 부처님께서 입멸하신 후 불교교단을 운영하게 되었으며 500명의 제자들을 모아 석가모니께서 설하신 경(經)·율(律)을 결집하였으며, 선가(禪家)에서는 부처님 법을 전한 '제1조 조사(第一祖 祖師)'로서 받들고 있습니다. 고사성어 이심전심(以心傳心)은 그를 두고 한 말입니다.

아난(阿難, 아난다, nanda)-다문(多聞) 제일

다문제일(多聞第一)이라 불리며 석가모니의 사촌 동생입니다. 8세 때, 석가모니가 깨달음을 얻은 후 고향을 찾았을 때 제자가 되었고 25년간 시중을 들며 석가모니의 말씀을 가장 많이 들었다고 합니다.

잘생긴 얼굴 탓으로 여러 차례 여자들로부터 유혹이 있었는데 많은 유혹을 물리치고 부처님 입멸 후 수행에 전력한 끝에 깨달음의 경지인 '아라한'과를 증득하게 되었습니다. 기억력이 뛰어나 찾아오는 사람들에게 부처님 말씀을 전했으며, 석가의 설법을 완벽하게 기억하고 있었으므로 많은 질문에도 석가의 말씀을 막힘없이 답해주어 '다문 제일(多聞第一)'의 제자로 기록되어 있습니다. 석가모니 입적 후, 1차 결집에서 부처님 말씀을 완벽하게 암송하여 경전 확립에 기여했습니다.

수보리(須菩提, 수부티, Subhti)-해공(解空) 제일

십대제자 중 유일한 코살라국 출신으로 기원정사에서 석가모니를 만나 귀의했습니다. 공(空)을 가장 잘 이해해서 해공제일(解空第一)이라고 불립니다. 무쟁삼매(無諍三昧)의 법을 깨쳐 모든 제자들 가운데 제일이라는 평가를 받았습니다. 그래서 공(空)사상을 주된 내용으로 하는 반야부 경전에는 항상 수보리가 등장합니다.

우주의 평등한 진리, 공(空)한 이치를 깊이 체득하였으며, 증일아함경(增一阿含經), 찬진백연경(撰進百緣經) 등에 그의 전기가 실려있습니다. 금강경(金剛經)은 석가모니와 수보리와의 대화를 기록한 것입니다.

중국 명나라 때 오승은이 지은 장편 소설 '서유기'에서는 손오공의 스승으로 나오기도 합니다.

아나율(阿那律, 아나룻다, Aniruddha)-천안(天眼) 제일

정반왕의 동생 감로반 왕의 아들로 석가모니와 사촌지간입니다. 석가모니께서 득도 후 고향에 가셨을 때 출가하였습니다. 석가와 같은 석가 족 출신으로 난타와 함께 석가의 포교에 기여했습니다.

그는 사위 국(國)을 지나는 길에 어느 과부의 집에 머문 적이 있었는데 과부가 그를 보고 음의(淫意)를 일으킴에 부처님께서 그를 훈계하였으니, 이것이 부인동숙계(婦人同宿戒)입니다. 아나

율은 부처님 앞에서 졸다가 부처님에게 심한 꾸중을 들은 일이 있었는데 이때, 아나율은 '불면(不眠)의 맹세'를 세우고 수행에 정진한 결과 끝내는 실명하였습니다. 그러나 육신의 눈은 잃었지만 참 지혜의 눈인 천안통(天眼通)을 얻었다고 합니다. 천안(天眼)이란 진실을 볼 줄 알고 멀리 볼 줄 앎을 의미합니다.

우바리(優波離, 우파리, Upli)-지계(持戒) 제일

인도의 4성 계급 중 가장 천한 노예 계급인 수드라 출신이며 석가 국에서 이발사를 하고 있었으나 아난과 난타, 아나율 등이 출가할 때 머리를 깎아주러 갔다가 부처님의 제자가 되었습니다. 그의 출가로 불교가 출신성분의 평등함을 증명하였습니다. 석가의 제자가 된 후에는 계율을 잘 지켜 '지율 제일(持律第一)'이라 전해지며, 부처님 열반 후 제1회 불전 결집 때 계율에 대한 모든 사항을 암송하여 율장(律藏) 성립에 크게 기여하였습니다.

부루나(富樓那, 푸루나 마이트라야니, Purnamaitrayani)-설법(說法) 제일

석가와 같은 날 같은 바라문 촌에서 태어났습니다. 친구 33인과 출가 수도를 하던 중, 석가모니가 득도했다는 소식을 듣고 귀의했습니다. 만원자(滿願子), 만자자(滿慈子), 부루나미다라니자(富樓那彌多羅尼子)라고도 불리는 부루나는 '설법제일(說法第一)'이라 불리며 부처님 제자 중 설법이 가장 뛰어났다고 합니다. 그는 먼저 변재(辯才)로써 사람들을 기쁘게 만들고 다음에는 폐부를 찌

르는 고언(苦言)으로 설법을 듣는 사람들의 마음에 절실한 가책감(苛責感)을 가지게 하며 밝은 지혜로 모든 것이 공(空)함을 가르쳐 듣는 사람으로 하여금 예외 없이 해탈하게 하여, 9만 9000명을 열반에 이르게 했다고 합니다.

가전연(迦延, 마하카트야나, Mahakatyana)-논의(論議) 제일

인도 아반타국 왕족 계급 출신으로 국왕의 명으로 부처님을 모시러 갔다가 석가모니의 설법을 듣고 귀의했습니다. 그는 불법에 귀의한 뒤 뛰어난 언변과 말솜씨로 논리 정연하게 상대방의 주장을 포용하여 설득함으로써 논의 제일(論議第一)이라고 칭송받았다고 합니다. 인도 전역을 돌아다니며 중생 교화 포교에 힘썼으며, 특히 마두라에서 아반티풋 국왕을 만나 계급사회 제도의 모순을 설득한 것으로 유명합니다. 부처님의 사후 왕사성 결집에서 율의 송출을 담당했습니다.

라후라(羅睺羅, Rhula)-밀행(密行) 제일

석가모니께서 출가하시던 날 밤에 태어난 부처님의 하나밖에 없는 아들입니다. 석가의 아들이라는 이유로 사람들이 경원했으나 스스로 금계를 깨트리지 않고 남모르게 수행을 잘하였다고 합니다.

석가모니가 생로병사의 고통을 목격하고 출가를 결심하여 돌아오던 길에 아들이 태어나 "라후라(장애)가 생겼구나"라고 통탄

했다는 일화가 전해집니다.

라후라는 석가모니 부처님께서 깨달으신 후 고향에 갔을 때 사리불과 목건련을 스승으로 하여 15세에 출가하였으며 최초의 사미가 되었습니다. 스스로 계율을 잘 지켜 '밀행제일(密行第一)'이라 불립니다. 밀행이란 계율을 잘 지키는 것입니다.

어떠한 미인이라도 죽으면 해골이다

색불이공 공불이색 색즉시공 공즉시색 수상행식 역부여시
(色不異空 空不異色 色卽是空 空卽是色 受想行識 亦復如是)

빈 것이 물질과 다르지 아니하며,
물질이 곧 비었고 빈 것이 곧 물질이니,
감각과 생각과 행함과 의식도 모두 이와 같다.

사리자여, 색(色)은 공(空)과 다름이 없다-이것이 첫 번째의 깨
우침입니다. 그것은 관세음보살의 발언이라고 하는 형식으로 된
우리에 대한 석가의 외침입니다. 관세음보살 대 사리자의 만남
은, 나아가서 '지혜' 대 '지식'의 만남인 동시에 상대적 인식에 익
숙해 있는 '현대인의 지성'과 '반야의 지혜'의 만남이기도 합니
다. 따라서 반야심경(般若心經)을 알지 못하는 사람이라도 '색불
이공(色不異空)' '색즉시공(色卽是空)'의 어구쯤은 한 번쯤 들어봤을
것입니다.

"사리자여, 색(色)은 공(空)과 다름이 없다"

색(色)은 앞에서도 말한 것 같이 모든 물질현상을 말하는 것입니다. 그러한 것들이 우리의 인식의 대상이 되는 것은 색채(色彩), 즉 빛깔과 형태가 있기 때문인 것입니다. 우리의 육체도 '색(色)'에 속하는 것이므로, 이것을 우리의 몸 가까이 끌어당겨서 말하면 '색불이공(色不異空)-색은 공과 다를 바 없다'는 것입니다. 그대는 '자신'이라고 하지만, 그런 자신이라고 하는 따위는 있지도 않은 것이라는 기성개념의 해산과 해체가 요구되는 것입니다.

공(空)이란 바꾸어 말하면 실체가 없다고 하는 것입니다. 존재하는 것에는 본래부터 이렇다 할 실체가 없는 것이라는 인식입니다. 이 부정(否定)의 면만을 들어서 말할 때, 공(空)은 수학의 제로와 통합니다.

수학자의 말에 의하면 수학에서 가장 중요한 것은 '1'이라고 합니다. 유럽 사람들에게는 처음에는 제로의 개념이 없었습니다. 그러나 인도에서는 제로를 기점으로 하고 있었기 때문에 제로의 관념을 유럽인들에게 가르쳐 준 것도 인도인이었던 것입니다.

인도인의 발상에서 제로와 공(0)이 동의어는 아니었으며, 공(空)이 갖는 여러 가지의 의미 가운데 제로도 있다는 것입니다. 인도 사람들뿐만 아니라 동양 사람들은 '1'보다도 오히려 공(空)의 한 부분인 '0'에서 생각을 시작한다는 것입니다.

젊은 여성이 아름답게 보이려고 시간을 들여서 화장을 하고 꽃구경을 나왔다고 하더라도 언젠가는 그녀도 죽는 것은 분명합니다. 이를 보고 어떤 호사가는, 해골의 껍데기에 치장을 하고 꽃구경은 무슨 꽃구경이냐고 풍자했다고 합니다. 살아있는 모든 것은 반드시 제로가 되어 버린다는 것을 풍자하고 있는 것입니다. 아니라고 할 도리 없이 우리는 오관(五官)의 대상이 되는-색(色)의 액세서리에 마음을 빼앗기고 아름다움의 포로가 되어 있는 것이 사실입니다.

이 구절은 그 아름답다고 느끼는 것의 무의미함을 냉소하고 그것을 부정해서 해골을 우리의 눈앞으로 내밀어 보인 것입니다. 결코 기분 좋은 일일 수는 없지만 그것도 사실이라는 것은 부정할 수 없습니다.

인도 학술탐사대에 참가했던 어느 교수가 여행기를 수록한 책이 있습니다. 책에는 이런 문장이 있습니다.

"사람의 시체를 먹고 사는 독수리들이 날고 있는 화장터 길을 상여를 멘 일단의 사람들이 지나간다. 시체가 버려지자 순식간에 독수리 떼들이 몰려든다. 독수리 떼들이 떠나가고 난 후 거칠게 뜯어 먹힌 젊은 여성의 시체가 모습을 나타낸다. 왼쪽 손의 빨강·노랑·초록 빛깔의 팔찌만 남아서 반짝이고 있었다."

화장터 주위에는 그녀의 모습이 담긴 몇 장의 사진을 곁들인 조장(鳥葬)의 모습이 있었습니다. 팔찌를 낀 해골의 사진을 보는 것은 처참한 것이었지만 사진 속의 미인과 해골의 연관을 연상하지 않을 수 없었습니다.

그러나 그 참담한 광경만을 마음속에 클로즈업시켜 그녀의 생전의 아름다운 모습을 눈을 감아 버린다면 그것도 치우친 생각이 아닐 수 없습니다. 언제까지나 아름답다고 생각하는 진실에 거슬러가는 태도가 되는 것입니다.

올바른 인식은 표면의 아름다움을 순수하게 아름답다고 봄과 동시에 그 밑바닥에 있는 허무함을 꿰뚫어 보는 것입니다. 또 그 반대로 영원히 아름다운 것은 없는 것임을, 그 유한성을 미리 전제로 하면서 눈앞의 아름다움을 순수하게 아름답다고 보는 것이 실제로 보는 능력이며 그 기능의 실천입니다. 무엇보다도 먼저 '색(色)은 공(空)과 다를 바 없다-색불이공(色不異空)'이라고 보는 것입니다.

즉, 우리의 눈만으로는 아름다운 것의 존재나 현상을 그저 깊이 생각하지 않고 보는 것에 지나지 않았던 것을 제1의 볼록렌즈를 통해서 색(空)은 공(空)과 다를 바 없다고 뚫어보는 것입니다.

그러나 여기서 멈추어 버린다면 그저 독수리에게 무참하게 뜯어 먹히고 남은 젊은 여성의 해골이 머릿속에서 감돌 뿐이므로 살아있는 사진이라고 할 수 없습니다. 또 하나의 볼록렌즈를 통해서 다시 한 번 보아야 합니다. 이때 제2의 볼록렌즈를 통해서 바라보면 다시 반전해서 '공(空)은 색(色)과 다를 바 없다-공불이색(空不異色)'의 현실을 긍정하게 됩니다. 두 개의 볼록렌즈를 통해서 보는 경관은 육안만으로 본 최초의 그것과 결코 같은 것이 아닙니다.

부정의 부정은 이제 더 부정할 것이 남아있지 않기 때문에 그 시야에 들어오는 것을 "사리자 보아라, 공즉시색(空卽是色) 만발한 꽃을"-이렇게 표현한 구절이 있습니다.

'사리자, 보아라, 공즉시색(空卽是色) 만발한 꽃을'-여기에서 사리자란 다름 아닌 우리를 가리키는 말입니다. 어디까지나 우리 서로의 자신을 말하는 것입니다. 문법에서 말하는 1인칭의 '나'를 말하는 것입니다. 여기서 공(空)이 단순한 제로로 무(無)에 그치는 것이 아니라 모든 것의 출발점이라는 사실이 훌륭하게 나타나고 있습니다.

내가 했다고 하는 것은 자아의 말살

옛날 어느 선사는 '무일물중무진장(無一物中無盡藏; 꽃이 있고 달이
있고 누대가 있다)라고 노래했습니다. 무일물(無一物)이란 아무것도
없다는 것이며 이것이 공(空) 일 수도 무(無), 즉 없음일 수도 있으
나 단순한 제로는 아닙니다. 공(空)을 디디고 서서 비로소 아름다
운 꽃도 청명한 달도 그리고 훌륭한 누각도 존재하는 의의를 알
게 되는 것입니다. 무진장(無盡藏)이란 아무리 써도 다 쓸 수 없
을 만큼 많다는 것이므로 무한을 뜻합니다. 그것이 공(空)의 내용
입니다. 그래서 공(空)이란 충실하게 가득 차 있는 제로라고 말할
수 있습니다. 그러나 공(空)은 어찌 보면 잘 아는 것 같으면서도
쉽게 손에 잡히지 않는, 이해하기 쉽지 않습니다.

우리는 조급한 마음을 풀어 버리고 소중한 것을 내 마음에 간
직하기 위해 조용하게 생각하고 아낌없이 기다리며 다시 새겨
들으면 그때마다 한결 더 새로워지는 것을 느낄 수 있습니다.
공(空)의 개념을 요약해서 정리해 보면,
'제로임과 동시에 제로가 아니다. 부정하면서 동시에 영원하

고 무한한 것을 지향하고 있다. 비어 있지 않으면서 동시에 비어 있기 때문에 모든 것을 그 안에 포함할 수 있다.'고 말할 수 있습니다.

또 공(空)은 모습이나 형태가 없기 때문에 어떠한 형태로 규정할 수 없으며 특징지을 아무것도 없습니다. 그래서 무상(無相)과 같은 뜻으로 쓰이기도 합니다.

새는 하늘을 날아도 날아간 흔적을 남기지 않습니다. 좋은 일을 해도 그 행적을 남기지 않으며, 행하고 나서도 행한 마음을 남기지 않는 것이 부처의 길을 가는 사람의 원(願)입니다. 그러나 그 원(願)마저도 부정하고 그것을 다시 재부정(否定)한 무원(無願)의 원(願)이 바로 공(空)의 행동이라고 말할 수 있습니다.

색(色)은 공(空)과 다를 바 없다고 해서 모든 존재 현상을 부정하는 것이므로, 마땅히 '내가' '내가 했다' '내가 한 것이다'라고 하는 자아의 존재도 없애버리는, 말살해버린 직접의 본체인 것입니다. 따라서 나는 너와는 다르다는 특수성도 지워진 상태가 됩니다.

앞서 나온 무일물(無一物)이란 말은, 아무것도 소유하지 않았다는 무일푼이 아니라 자아의식을 남김없이 떨어내 버린다는 것입니다. 선(禪)을 하는 사람은 그것을 가리켜 '죽는 것을 했다'는 뜻으로 '죽어 낸다'로 표현하고 있습니다.

"살아 있으면서 죽은 사람이 될 대로 다 되어서…"라는 어느 선사의 말이 철저하게 자아를 지워 없애는 것을 절실하게 표현하고 있습니다.

자아의식이 때로 중요하기도 하지만 자신만이 가장 바르고 틀림없는 것으로 생각해 버리는 지나친 자아의식이 자신을 그르치는 것입니다.

뿌리 깊은 이 자아의식을 억제하는 것은 결코 쉬운 일이 아니기 때문에 이 선사는 "죽은 사람이 될 대로 다 되어서"라고 못을 박는 것입니다. 그것이 나 자신이라고 생각했던 자아를 뿌리까지 파헤쳐서 해체하면 어떻게 되겠습니까? 자아를 아무것도 없는, 아무것도 아닌 공(空)으로 돌려 철저하게 부정하고 난 다음에는 무엇이 남겠습니까?

"내 집이다" "내가 살고 있는 주택이다"
현실의 물질적 존재는 인연(因緣)에 따라 만들어지는 것이며 고유의 존재성이 없는 언젠가는 사라지는 공(空)인 것입니다.

이렇게 자아에 얽매여 있던 것이 해체되고 깊은 곳 어딘가에 들어 있던 자아의 동굴 같은 것이 파괴되고 나면, 도리 없이 밖으로 나가게 됩니다. 밖으로 나서면 그곳에 넓고 풍요로운 광장이 있다는 것을 비로소 알게 되는 것입니다. 저마다 자아의 기둥을 틀어잡고 있는 동안에는 보이지 않았던 광장이 무한히 펼쳐져 있는 것을 보게 됩니다. 나 자신이 숨을 쉬고 스스로의 힘으로 살아 있는 것이라고 생각했던 것이 실은 그렇지 않다는 사실을 알게 됩니다.

　광활하고 넓고 깊은 대기 속에서 그것들과 함께 공생(共生)하고 있다는 사실에 눈을 뜨게 됩니다. 비로소 색(色)은 공(空)과 다를 바 없다는 것을 깨닫습니다.

모든 것이 실체(實體)는 없다

색즉시공(色卽是空)-색(色)이란 우리의 육체를 포함한 모든 물질 현상입니다. 존재하는 일체의 것을 물질적 현상이라고 하는 것은 무엇 때문이겠습니까?

그것은 인연(因緣)이 그렇게 시키고 있다는 것입니다. 인연(因緣)에 대해서는 사리자가 앗사지와의 만남에서, 스승인 석가가 인연의 법을 가르치고 있다는 말을 듣고 새로운 깨우침을 얻기 위해 친우인 목건련과 함께 석가의 가르침 속으로 들어갔던 것입니다.

그러면 여기서 현대의 우리는 눈앞의 현상에 대해서 어떻게 보고 있으며 또 어떻게 생각하고 있는가 하는 것을 알아볼 필요가 있습니다.

우리는 날마다 여러 가지 일들을 보기도 하고 듣기도 합니다. 그러나 대부분의 경우, 그 현상에 나타난 것만을 볼 뿐이지 무엇 때문에 그렇게 되었는가 하는 것에 대해서는 그 이유와 의미를 깊이 생각하려고 하지 않습니다. 타인의 경우는 말할 필요도 없고 자신이 경험한 인생의 사건에 대해서도 그 원인을 알려고 하지도 않은 채 현상만을 보고 울기도 하고 웃기도 합니다. 때로는 어떻게 대책을 세워야 할지 갈피를 못 잡고 갈팡질팡 허둥댈 뿐 깊은 원인을 찾으려고 하지 않습니다.

이에 반해서 석가는 일체의 현상을 바라보고 꿰뚫어 보았습니다. 모든 것은 홀로 단일하게 존재하는 것이 아니며 서로서로 관련이 있어서 관계를 맺고 생기고 있음을 밝혀 주고 있습니다. 현상은 흡사 그물의 눈과 같은 것으로써 그물의 눈은 하나만으로는 성립되지 않습니다. 서로 이어지고 매듭지어 걸고 걸리는 관계 속에서 이루어지는 것입니다. 석가는,

"이것이 있기 때문에 저것이 있으며, 이것이 발생하기 때문에 저것이 발생한다. 이것이 없기 때문에 저것이 없다. 이것이 없어지기 때문에 저것이 없어진다."

라고 가르치고 있습니다. 하나의 무엇이 '있는'것처럼 보이는 것은 그것만이 유일하게 있는 것이 아니며 그물의 눈처럼 여러 가지 것이 관련되며 서로 도우면서 이루고 종합 합성된 현상으로써 '있는' 것입니다. 그러므로 그저 물질(物質)이라고만 하지 않고 물질현상(物質現象)이라고 하는 것입니다.

인연이란 말할 것도 없이 인(因)과 연(緣)으로 이루어진 말입니다. '인(因)'이란 결과를 생기게 하는 내적인 직접 원인이며, '연(緣)'이란 외부에서 이것을 조성하는 간접적 원인이므로 내인(內因), 외연(外緣)이라고 합니다.

일체(一切)의 것은 인연(因緣)에 의해서 생멸(生滅)하므로 석가는, 이것이 없기 때문에 저것이 없다고 설법을 이어가고 있으며, 연(緣)에 의해서 일어나므로 연성(緣成)이라고 합니다.

모든 물질적 현상은 유일하게 존재하는 것은 아니며 이와 같이 인(因)과 연(緣)의 복잡한 합성에 의해서 생성된 것이므로, 그것이 없어질 때에는 이것이 없어지기 때문에 저것이 없어진다-외톨이 존재는 없다-즉 실체는 없음을 색즉시공(色卽是空)으로 표현되는 것입니다.

우리는 보통 오관, 즉 눈·귀·코·혀·피부 등의 감각기관에 의해서 느낄 수 있는 대상만이 실재하는 것으로 생각하고 그것에 의존해야만 행복이 있는 것으로 알기가 쉽습니다.

예를 들면 사랑을 했을 경우에도 실연을 당하고 그래서 행복의 대상이 뺏기거나 없어지거나 하면 자신에게 닥친 이별을 원망합니다. '이럴 수 있는가', '이것은 너무 했다' 하는 식으로 회의적인 태도를 갖게 됩니다. 그리고는 어디선가 한두 번 들어서 기억하는 색즉시공(色卽是空)이 갑자기 머리에 떠오르면 마치 해탈이나 한 것처럼 착각을 일으킵니다. 그리고 더 이상은 인생의 의미를 찾을 수 없다는 듯 그 자리에 정체(停滯)해 버리고 맙니다. 인생은 무상(無常)하다는 생각으로 허무적인 인생관을 갖는 것은 지극히 작은 공관(空觀)의 구멍 속에 빠져 버리고 마는 것입니다.

그러나 우리가 충실한 인생을 살기 위해서는 어떻게 해서든지 이 구멍에서 뛰쳐나와야 합니다. 제2의 볼록렌즈로 뒤집어진 영상, 즉 도각(倒閣)을 다시 한 번 뒤집어엎어야 합니다. 그것이 공즉시색(空卽是色)이며, 범문(梵文)의 번역에는 이 대목을 '무릇 실체가 없다고 하는 것은 물질적 현상의 넋이다'라고 기록되어 있습니다.

색즉시공 공즉시색(色卽是空 空卽是色)의 마음을, 차를 끓여서 마시는 다도(茶道)에 받아들인 것이 청적(淸寂)이라고 하는 것입니다. 청(淸)이라고 받아들이는 곳에 다도의 깊은 회심(會心)이 있음을, 적(寂)은 공(空)을 나타내는 말입니다.

다도(茶道)에 관하여 전해지는 일화가 있습니다.

다(茶)의 명인(名人)으로 알려진 사람의 자손이며 또한 다(茶)에 대하여 조예가 깊은 지인에게, 어느 날 스님이 절의 뜰에 핀 묘련사라고 하는 이름의 동백꽃 한 가지를 동승(童僧)에게 들려서 전하도록 했습니다.

동백꽃은 들고만 다녀도 꽃이 떨어지기가 쉬운 것이어서, 심부름을 갔던 어린 스님은 꽃이 안 떨어지도록 마음을 쓰고 주의를 했건만, 꽃잎은 도중에서 떨어지고 말았습니다. 동승(童僧)은 정직하게 이 사실을 말하고 용서를 빌었습니다. 동백꽃 가지를 받아든 스님의 친구는 미소를 띠며 어린 스님의 실수를 탓하지 않았습니다. 그리고 동승(童僧)을 자신의 집 다실(茶室)로 들게 했습니다. 다실로 들어선 주인은 다실의 상좌에 걸려 있는 족자를 떼어 내고 그의 조부인 다(茶)의 명인(名人)이 손수 만든 꽃병을 그곳에 걸었습니다. 어린 스님이 들고 온, 꽃이 떨어진 동백가지를 그 병에 꽂고, 꽃병 아래에 떨어진 동백꽃을 놓았습니다. 그리고는 차 한 잔을 따라서 어린 스님에게 대접하면서 수고를 위로하고 돌려보냈다고 합니다.

'핀 꽃은 지는 것, 바람이 없어도 일단 핀 꽃은 반드시 진다.'

동승이 떨어뜨린 꽃도, 꽃이 지고 없는 가지도 헛된 것이며 공허한 것입니다.

스님의 친구는 어린 스님의 실수를 탓하지 않았을 뿐만 아니라 꽃잎이 지고 없는 쓸쓸한 동백가지를 꽃병에 꽂은 다음, 그 아래에 떨어진 꽃잎을 놓고 '낙화(落花)의 풍정(風情)'으로써 차를 마시는 속이 트인 심정과 태도를 어린 스님에게 보여주었던 것입니다.

다른 사람의 잘못을 용서하고 가치 없는 물질현상에서 아름다움을 발견하는 마음은 청적(淸寂), 바로 그것입니다. 색즉시공(色卽是空)을 훌륭하게 공즉시색(空卽是色)으로 바꾸는 곳에서 그윽한 다향(茶香)을 뿜는 가운데 소리 없는 반야심경(般若心經)의 낭랑한 소리를 듣는 감회가 짙은 것입니다.

색불이공(色不異空)·공불이색(空不異色)을 소화할 수 있게 되면 이제 앞으로 남은 부분은 큰 어려움이 없을 것으로 믿습니다.

수상행식 역부여시(受想行識 亦復如是)

심경(心經)에는 수(受)·상(想)·행(行)·식(識)도 또한 역부여시(亦復如是)와 같다고 밝히고 있습니다. 범문의 번역에도 이와 마찬가지로 감각도 표상도 의미도 지식도 모두 실체가 없는 것이라고 되어 있습니다.

원문의 수(受)·상(想)·행(行)·식(識)과 이제까지 말씀드린 '색(色)'을 합친 것이 오온(五蘊)이며 그것을 현대어 역(譯)에 맞추면,

색(色)-물질적 현상, 수(受)-감각, 상(想)-표상, 행(行)-의지, 식(識)-지식이 됩니다. 그러한 것이 모두 실체가 없는 공(空), 생각하는 것도 행동하는 것도 모두 실체가 없는 공(空)이라고 하는 것입니다.

제4장 / 생(生)과 사(死)

왜 작은 자아에 집착하는가

부처님이 사문에게 물으셨다.
"사람의 목숨이 얼마 동안에 있느냐?"
"며칠 사이에 있습니다."
"너는 아직 도를 모른다."

부처님은 다시 한 사문에게 물으셨다.
"사람의 목숨이 얼마 동안에 있느냐?"
"밥 먹는 사이에 있습니다."
"너도 아직 도를 모른다."

부처님은 다시 사문에게 물으셨다.
"사람의 목숨이 얼마 동안에 있느냐?"
"숨 쉬는 사이에 있습니다."
"착하다. 너는 도를 안다."고 말씀하셨다.

舍利子 是諸法空相 不生不滅 不垢不淨 不增
사 리 자 시 제 법 공 상 불 생 불 멸 불 구 부 정 부 증

不滅
불 감

　사리자여, 이 제법(諸法)은 공상(空想)이며, 생(生)하지 않고
멸(滅)하지 않으며, 때 묻지 않고 깨끗하지 않으며 늘어나지
않고 줄어들지 않는다.

❧ ❀ ❧

　사리자여, 이 세상에 있어서 모든 존재하는 것에는 실체
가 없다. 생겨나거나 발생했다고 하는 일도 없고, 멸(滅)해
서 없어졌다고 하는 것도 없으며, 더러워진 것도 아니고,
더러움을 떠난 것도 아니며, 줄어드는 것도 없고 늘어나는
것도 없다.

실체가 없는 것에 처음도 끝도 있을 수 없다

불생불멸(不生不滅)

종교가 아편(阿片)과 같이 길을 헤매게 하는 중독성 강한 것이라는 생각을 지니고 있던 중에 전환적 계기를 주는 중요한 법어(法語)를 만나게 되었습니다.

"태어나지 않는 몸이라면 죽는다는 일도 없다. 이것은 불생불멸(不生不滅)이라고 한다."

나에게 짧지만 인생 최고의 불안과 최대의 안심을 밝혀 준 말이라고 하지 않을 수 없습니다. 최고의 불안은 죽음이며 최대의 안심은 불멸(不滅)입니다.

반야심경(般若心經)은 그 어느 서적을 읽는 것보다도 어렵습니다. 하지만 어렵다고 느끼는 것은 글자의 뜻을 풀어서 사상을 파악해야 하기 때문입니다. 사상과 직결해서 문자를 풀어 나가야한다는 것을 알 수 있게 하는 것이 "이(是) 제법(諸法)은 공상(空想)이다"라는 다섯 글자입니다.

범문(梵文) 현대어 역에는 '이 세상에 있어 존재하는 모든 것에는 실체가 없다고 하는 특성이 있다'고 되어 있습니다. 문자도 실체가 없습니다. 그것은 앞에서 글자가 적히지 않은 경(經)에 기술한 바 있습니다.

원문의 이(是) 제법(諸法)이라고 하는 법(法)은, 불교에서는 물질적 현상을 가리키는 경우가 많습니다. 물론 법에는 가르침·규칙·법칙의 의미도 있지만, 불교의 진리인 제행무상(諸行無常)이나 제법무아(諸法無我)-즉 모든 사물의 존재하는 법칙과 실천적 기능이 물체에 나타나 있다는 의미에서 물질현상을 법(法)이란 한 마디로 나타내고 있습니다. 이렇게 물질현상에 실체가 없다는 특성이 있으나 그 특성이라는 것은 무엇보다도 첫째로 불생불멸(不生不滅)이라고 하는 것입니다.

불생불멸(不生不滅)은 생겨나지 않고 없어지지 않는다는 뜻으로 생(生)하는 것도 아니며 멸(滅)하는 것도 아니다. 또는 더 나아가서 생겨났다고도 말할 수 없는 것이며 멸해서 없어졌다고도 말할 수 없는 것입니다.

생(生)과 사(死), 즉 삶과 죽음이 존재하는 것은 육체의 세계, 물질현상의 세계이며 '모든 존재하는 것에는 실체가 없다'-존재하는 것은 생겨나는 것도 아니며 멸망하는 것도 아니다-반야심경(般若心經)은 이렇게 가르치고 있습니다.

육체에는 생사(生死)가 있고, 실체가 없는 공(空)의 세계에는 그것이 없다- 이 두 가지가 접촉하는 곳에서 고뇌가 생기는 것이며 이 접촉점에서 번뇌를 갖게 되는 것입니다.

특히 이 괴로움을 강하게 갖는 것이 인간입니다. 하지만 그것을 해결하고자 노력하는 것도 인간만이 할 수 있습니다.

이것은 정치나 경제의 힘으로는 해결될 수 없는 커다란 문제입니다. 오직 생명의 육탄으로 최후의 길을 찾아서 뛰어들 때 인간으로 태어난 장엄한 기쁨이 있습니다. 그러나 그 해결 방법을 그르치면 번뇌는 더욱 악화되어 버리고 맙니다.

물질현상의 하나인 죽음은 피해지는 것이 아닙니다. 이 평범한 사실, 그 자체가 괴로움인 것처럼 생각하기 쉽지만 실은 죽음에서 탈출하고자 하는 욕망이 고뇌를 불러일으키는 것입니다. 삶을 동경하는 이면에는 아직 경험하지 못한 죽음에 대한 불안, 몸과 마음의 고통을 상상하고 더욱이 가족들의 장래나 경영해 오던 일이 어떻게 될 것인가 하는 것들을 염려하고 걱정하기 때문에 괴로움이 생깁니다.

그러나 그러한 모든 불안이 해결되었다 하더라도 정신적인 지성과 생활 기술만으로 해결할 수 없는 마음의 동요가 해명되지 않는 한, 괴로움은 사라질 수 없을 것입니다.

죽음을 싫어하고
삶도 두려워하니
인간의 흔들리고 고정되지 못하는 마음을 알 뿐…

이렇게 노래한 사람이 있습니다. 그는 "죽음이 어둡기만 한

것은 아니다. 사라져가는 허망한 아쉬움은 인간이 그와 같이 가
도록 되어 있는 길을 찾아가는 모습으로서 그곳에서 나는 희미
하나마 안주할 곳을 찾는 느낌을 갖게 되었다고 해도 좋을 것 같
다"고 술회합니다.

그러나 여기까지 도달하는 데에는 매우 큰 괴로움이 뒤따랐
을 것입니다. 단지 독서와 듣는 것만으로는 마음속 깊은 밑바닥
의 초월적 무의식을 불러일으키는 것은 불가능하기 때문입니다.
생(生)과 사(死)가 어떠한 것인가 하는 데 대한 해명은, 공(空)을 실
감하지 않고서는 관념의 유희로 끝나 버리고 말기 때문입니다.

중국 송(宋) 나라 때의 대룡 선사에게 어느 수행자가 물었습
니다.

"형태가 있는 것은 모두 없어진다는 것은 알고 있지만, 영원
의 생명이란 무엇입니까?"

이 물음에 선사는 이렇게 화두(話頭)로 대답했습니다.

"산에는 꽃이 피어 비단결 같고, 골짜기에서 흐르는 물은 고
여서 쪽빛과 같다."

이와 같이 한 폭의 그림이 될 것 같은 화두로 대답하고 있습니
다. 필자는 대룡 선사의 그 화두를 다음과 같이 풀이했습니다.

'아름답게 핀 산의 꽃도 결국은 지게 될 것이다. 깊이 고여서

움직이는 것 같지 않은 깊은 골짜기의 물도 사실은 흐르고 있는 것이다. 느리고 빠른 차이는 있지만 변하고 움직이지 않는 것은 아무것도 없다'

영원이란 이와 같이 시간과 공간을 넘어선 것으로써 느린 것도 빠른 것도 긴 것도 짧은 것도 없는 것입니다. 이렇게 본다면 단명(短命)이면 단명인 대로 또 빠르면 빠른 대로 영원이며 불멸(不滅)인 것입니다.

시간과 공간을 초월해서 있다는 것은 시간과 공간이 없다는 말입니다. 시간과 공간이 없으므로 생겨났다고 하는 일도 없으며 멸(滅)해서 없어졌다고 하는 일도 없는 것입니다. 곧 불생(不生)이며 불멸(不滅)입니다.

더욱 요약해 말한다면 '이제·이곳에·자신'이 만나는 한 점이 영원불멸로 통하는 것입니다. 틀림없이 선(線)은 무한의 점에서 성립되어 있습니다. 그것은 이론이 아니며 몸으로 실감하지 않고는 문제의 해결이 되지 못하는 것입니다.

고승(高僧)의 임종

옛날 학덕이 높은 한 고승이 있었습니다. 바람처럼 왔다가 구름처럼 사라진다고 할 수 있는 성격으로 서화(書畵)를 잘해서 후세에까지 높이 평가될 만큼 명성이 높은 스님이었습니다.

그가 죽음에 임박하자 제자들이 고승의 임종답게 후세에 남을 명언을 찾아내고 싶어서 단도직입적으로 물었습니다.

"스님, 돌아가시고 싶습니까?"

고승이 임종에 남길 교훈적인 화두를 듣기 위해 귀를 기울이고 있는 제자들에게 스승은 힘겨운 입을 열고 말했습니다.

"죽고 싶지 않다!"

이 말을 듣고 제자들은 아연실색했습니다. 그런 말이 세상에 전해지면 그 스승의 덕(德)이 땅에 떨어질 것을 우려해서 제자들이 오히려 당황한 나머지 거듭 "돌아가시고 싶습니까?"하고 다시 물었습니다.

제자들은 죽음 앞에서도 의연한 고승의 대답을 듣고 싶었던 것인데, 실로 어처구니없게도 고승은 다시 "죽고 싶지 않다"고 말하는 것이었습니다. 그뿐만 아니라 세 번째로 다시 질문받는

것을 귀찮게 여겼음인지, "정말, 정말 죽고 싶지 않다"고 말하고
는 숨을 거두었다고 합니다.

그러나 그 스님의 생전에 쌓은 큰 빛은 조금도 퇴색하지 않고,
오늘날까지 많은 불제자들이 그의 공을 기리고 있습니다.

고승은 "죽고 싶은가"하고 물으니까 "죽고 싶지 않다"고 대답
했던 것이며, 만약에 "살고 싶은가"하고 물었다면 "살고 싶지 않
다"고 대답했을 것입니다.

생(生)과 사(死)를 대립적 존재로 생각하는 것은 현세의 집착에
서 오는 것이며 이 집착을 잘라낸 것이, 선(禪)의 참된 경지이므
로 그 스승은 그런 뜻에서 죽고 싶지 않다고 대답했던 것입니다.

순수하게 이 스님의 발언을 받아들여 보면, 단순히 죽고 싶지
않다는 것은 모든 사람의 가슴에 스며들어 있는 뜻이 있음을 느
낄 수 있습니다. 삶도 죽음도 사람의 뜻대로 안 되는 것이므로
어떻게 할 도리가 없는 것입니다. 불가피하게 되었으니 만큼 그
것을 받아들인다는 것입니다. 그렇게 되면 이미 사태는 분명해
지는 것입니다.

"좋다. 이것이 내 운명이라면 달게 받는다"

그 대신 그 무엇으로도 바꿀 수 없는 오직 한 번뿐인 일생을,
오직 한 사람밖에 없는 자신이, 오늘이라고 하는 날은 두 번 다
시 안 오는 날이므로 오로지 주어진 목숨을 가지고 살아지는 한,
최선을 다해서 살아보는 것이 영원히 사는 오직 하나의 길이 될

것입니다.

생사(生死)가 없는 것이 아닙니다. 분명히 생사가 있으면서도 생사에 끌려 다니지 않고 살아가는 태도를 갖는 것이 불생불멸(不生不滅)하여 영원히 사는 길인 것입니다. 생과 사를 대립시켜 생각하는 것은 현세에 대한 집착에서 오는 것입니다. 삶 속에 죽음이 있고 죽음 속에 삶이 있는 것입니다.

이야기가 매우 어둡게 진행되는 것 같습니다. 그러나 어두운 것은 반야심경(般若心經)이 아니라 인생이 어두운 것입니다. 인생의 그 어두움을 피하지 않고 그대로 바라봄으로써 '어두운 그대로의 밝음'에 순응하며 살아가라고 심경은 가르치고 있습니다. 즉 어둠에서 밝음을 찾는 것입니다.

사람은 누구나 언젠가는 죽게 됩니다. 그러나 죽는 자신에게도 그 둘레의 사람들에게도 마음의 평안을 맛볼 수 있도록, 앞의 고승처럼 "아니, 죽고 싶지 않아."하고 말하면서 미소를 지으며 죽어갈 수 있다면 그것이 생사(生死)를 넘어선 불생불멸(不生不滅)의, 영원히 사는 길이라고 생각합니다. 그러나 죽는 순간에까지 이르러 주위의 마음들을 생각한다는 것은, 용이한 일이 아닙니다.

이 때문에 반야심경(般若心經)은 '모든 존재하는 것에는 실체가 없다'는 공관(空觀)을 몸에 지니도록 깨우쳐 주는 것입니다. 비록 깊이 이해할 수는 없을지라도, 반야심경(般若心經)을 몇 번이고 독송해 나가면 그것이 거듭되어지는 만큼 마음의 평안이 얻어지는 것입니다.

'공(空)' 가운데는 생사(生死)가 없다. 불생불멸(不生不滅)이라고 하는 것을, 선어(禪語)로 산중에는 달력이 없다고 표현하고 있습니다. 인적이 드문 깊은 산골에서는 달력은 크게 필요치 않습니다. 대자연에 날짜가 필요 없는 것처럼 '공(空)'의 세계에서는 초하루나 행사의 마지막 날인 천추락(千秋樂) 같은 것을 정해 둘 필요가 없기 때문입니다.

불생불멸 무시무종(不生不滅 無始無終)이라고 해도 좋을 것입니다. 이것을 그림으로 나타내면 둥근 원의 둘레, 즉 원주가 됩니다. 원주(圓周) 위의 한 점은 어디를 붙잡아도 처음이며 그것이 끝이기도 합니다. 자기가 잡고 있는 현시점을 있는 힘을 다해서 성실하게 살아가는 사람이야말로 진실로 불생불멸(不生不滅)의 궤도에 들어선 사람입니다. 그 사람도 인간인 이상 언젠가는 반드시 죽게 되지만, 그가 이루고자 했던 생각과 실천에 옮겼던 일은 영원히 살아남을 것입니다.

연꽃도 늪에서 핀다

불구부정(不垢不精)

불생불멸(不生不滅)을 이해하기 위하여 많은 시간이 걸린 것 같습니다. 그러나 그것을 바르게 알 수 있게 된다면 나머지는 훨씬 수월해집니다.

반야심경의 다음 부분을 읽어 내려가면 불구(不垢)이면서 부정(不精)으로 되어 있습니다. 그러나 그 앞의 "이(是) 모든(諸) 법(法)은 공상(空相)이다"를 이어받고 있음을 알 수 있습니다.

이것을 범문(梵文)의 현대어 역에 의하면 '더럽혀진 것도 아니며 더러움을 떠난 것도 아닌'이라고 되어 있습니다. 그러나 역시 그 앞에 나오는 '이 세상에 있어서는 모든 존재하는 것에는 실체가 없다는 특성이 있다'에 이어져 있습니다.

"모든 존재하는 것은 공(空)의 모습에 지나지 않는다." 이렇게 받아들일 수 있게 되면 생(生)도 멸(滅)도 없는 것과 같이, 불구부정(不垢不精)-부정(不淨)이라든가 정(淨)의 구별은 없게 되는 것입니다.

생(生)과 사(死)는 그대로 공(空)의 진상(眞想)을 나타내고 있습니다. 공(空)이라고 하면 앞서 본 바와 같이 제로의 의미가 강하기 때문에 삼장법사 현장은 진공(眞空)이라고 번역했던 것입니다.

현대에서는 물리학 용어로 물질이 전혀 없다는 뜻의 '공간'의 의미로 해석해서, 불교용어의 의미를 잃어버리고 말았습니다. 그래서 어느 학자는 적극적으로 공(空)을 '한 진실(一眞實)'로 번역하고 있습니다. 또는 앞에서 본 바와 같이 '가득 차 있는 충실한 무(無)'로 받아들일 수도 있습니다.

'공=한 진실' & '충실한 무'는 더럽혀진 것도 아니며 더러움을 떠난 것도 아닌 특색(特色)입니다. 존재하는 것의 현상에는 분명히 아름다움과 추함이 있습니다. 그러나 그것은 보는 측의 선택이 그렇게 만들기 때문입니다.

자아를 빼버린 세계가 공(空)입니다. 그것은 현세적인 인간의 가치판단이 사라져 버린 것입니다. 그곳에 더럽고 때 묻은 것이나 깨끗하고 맑은 것이 있을 수 없습니다. 알려진 바와 같이 맑은 물속에서는 연꽃이 자랄 수 없는 이치와도 닮았습니다. 수렁의 늪이 연(緣)이 되어서 꽃이 피는 것입니다.

'얼음이 많아서 물이 많은 것이며 가로막는 장애물이 많아야 모범이 되는 선행의 덕도 많아지는 것이다'-선어(禪語)에도 '진흙이 많으면 부처가 크다'는 말이 있습니다. 얼음이 많으면 많을수록 녹아 나오는 물이 많은 것처럼 진흙이 많을수록 큰 불상을 만들 수 있습니다. 사람도 고난과 좌절을 만날수록 인간성에 눈을 뜬 진실한 인간이 될 수 있습니다.

얼음이라면 그것을 녹이는, 죄라면 그것을 참회하게 하는, 경영(經營)이 있으면 단단한 얼음도 부드러운 물로, 바람직하지 못한 실수나 과오도 새로운 행복으로 가치전환이 이루어집니다.

자아에 집착하지 않을 때에는 굳어진 단단한 것에서도 어두움에서도 그대로 바람직한 가치가 그곳에서 생겨나는 것입니다. 여기서 말하는 '더럽혀진 것'이란 번뇌(煩惱)를 말하는 것입니다. 번뇌란 바람직하지 못한 마음의 상태를 가리키는 말이지만, 사전에는 '몸과 마음이 시달려 괴롭게 되고 뒤흔들려 교란해서 더럽히는 정신작용의 총칭'이라고 되어 있습니다.

이 번뇌도 본래 '공(空)'임을 반야심경은 가르치고 있습니다. 이 뜻을 뒤집어 보면 '공(空)'이라고 하는 것을 잘 이해할 수 있게 되며, 인간도 번뇌도 다 같이 '더럽혀진 것도 아니며 더러움을 떠난 것도 아닌 것'이 됩니다.

그것이 '공관(空觀)'-공에 의한 인생관이며 세계관입니다.

천한 일에서도 존귀함을 찾도록

우리는 불생불멸(不生不滅)에서 생명의 존엄성을 배우게 됩니다. 또한 불구부정(不垢不淨), 하루하루의 생활 속에서 부딪치고 만나게 되는 수많은 일들 가운데 나타나는 현상만 보고 가치판단을 해서는 안 될 것임을 배울 수 있습니다.

흔히 우리는 일상에서 보여지는 일에 대하여 추하다고도 하고, 가치가 없다고도 말할 수 있습니다. 그러나 우리는 어쩌면 자신의 가치를 받아들이고 판단하는 능력에 한계가 있다는 것을 잊고 상대방의 참된 가치를 발견하지 못하는 경우가 많습니다. 때로는 그러한 자신의 어리석음과 무능함을 부끄러워하는 것마저 잊고 있는 일이 허다합니다.

불구부정(不垢不淨)이란, 아무리 더럽게 보이는 것도 그 안에는 반드시 아름다운 것이 깃들어 있음을 실감하는 것입니다.

여기서 얻어진 너그러움은 그대로 생명에 대해서도, 생(生)을 좋아하고 사(死)를 싫어하는 편협에서 벗어나 생사(生死) 그 어느 쪽이나 떳떳하게 받아들이는 참된 자유를 만드는 것입니다.

19세기 말, 어느 시인이 "선(禪)이란 태연자약하게 죽을 수 있는 담력을 길러주는 것인 줄 알았더니, 죽음이 임박하는 시간을 두려워하지 않고 죽을 지경을 넘어서 사선(死線-죽음)을 돌파하는 적극적인 삶의 자세를 요구하는 것임을 알게 됐다"고 하는 말을 들은 적이 있습니다.

어느 시인의 '담을 그릇이 없다. 두 손으로 받자'고 하는 구절이 있습니다. 주어진 상황을 고분고분 받아들이는 부드러운 마음씨를 우리가 지니고 있다는 사실을 생각해 보면, 세상에서 일어나는 일이나 어떤 현상을 보는 눈이 차츰 달라질 것입니다.

무엇을 보아도 아름다운 것을 찾는 일-이것이 불구부정(不垢不精)의 뜻임을 알고, 그 뜻을 살려서 생기가 넘치는 밝은 마음으로, 온화한 눈빛으로 살아야 하겠습니다. 이렇듯 보이는 것을 사랑하는 것은 짧은 생명을 아끼고 사랑하는 자애의 마음이 싹트게 된 증거라 하겠습니다. 이것은 '나'-저것은 '남'이란 자타의 구별에서 벗어날 수 있게 되면 무엇을 보아도 아름답게 보입니다. 이것이 불구부정(不垢不精)의 사랑입니다.

현대에는 전쟁이다 공해다 하는 큰 문제를 두고 인간과 문명의 위기가 시끄럽게 논란이 되고 있습니다. '인간이란 무엇인가?' '문명이란 무엇인가?' 하는 본질이 문제가 되고 있는 것입니다. 참된 지성을 높일 필요가 날이 갈수록 점점 더 통감하게 됩니다.

불생불멸(不生不滅)도 불구부정(不垢不淨)도 작은 자아에서 벗어나 크나 큰 공(空)에 흡수된 상태를 가리키는 것으로써, 그것을 종교적으로는 구원(救援) 또는 해탈(解脫)이라고 합니다.

분명히 불생불멸 불구부정(不生不滅 不垢不淨)이라 해도, 인간이 수억 년 살 수 있는 것도 아니며 번뇌를 뽑아 없애고 모두가 부처가 되는 것도 아닙니다. 괴로워하는 고뇌의 내용을 때로는 높이고 때로는 심화해서 보다 고차원의 고뇌를 안고 가는 것입니다.

자기만의 작은 고뇌에 달라붙어 있는 것이 아니고, 다른 사람의 괴로움을 같이 괴로워하며 어떻게 하면 자신도 저 사람들도 다 같이 행복하게 될 수 있는 것인가를 생각하며 슬퍼하고 괴로워하는 곳에서, 그 차원이 높여져 가는 것입니다. 이런 의미에서 생각한다는 것은 고뇌하는 것과 동의어가 되며 그것을 통해서 다시 자비(慈悲)에까지 높여져 가는 것입니다.

명예도 비난도 한 때의 환상

석가는 다음과 같이 말하고 있습니다.

"그가 나를 욕하고, 그가 나를 쳤다. 그가 나를 쓰러뜨리고, 그가 나를 빼앗았다."

이와 같이 마음에 집착하는 사람들에게 원한은 끝내 그치지 않는다. 《법구경 3》

그러므로 그와 같은 언동에 집착하는 한, 마음의 호수에는 증오감의 물결이 일렁이는 것입니다. 그러므로 석가는 이어서,

"그가 나를 욕하고, 그가 나를 쳤다. 그가 나를 때려눕히고, 그가 나를 빼앗았다."

이와 같이 마음에 집착하지 않는 사람은 마침내 원한의 종식을 보게 될 것이다. 《법구경 4》

두 문장이 같은 말이지만 《법구경 3》에서는 가슴에 품은 말이고, 《법구경 4》에서는 아무것도 아니라는 듯이 떨쳐내는 말입니다.

《법구경 4》의 마음과 같이 그러한 것들에 집착하지 않게 될

때에, 즉 그러한 것들을 실체가 없는 공(空)으로 돌렸을 때에 증오감의 물결은 잠잠하게 가라앉는 것입니다. 그렇다면 다른 사람의 비판과 공격을 공(空)으로 돌려 실체가 없음을 밝히기 위해서는 어떻게 하면 좋을까요? 이 경우 역시 석가는 같은 시의 형식으로 풀어주고 있습니다.

하나에서 열까지 줄곧 헐뜯기만 하는
하나에서 열까지 줄곧 칭찬만 듣는
그러한 일은 지나간 옛날에도 없었고
지금도 또한 없는 일이다.
장차 다가올 앞날에도 그런 일은 없을 것이다.

전 인류로부터 만장일치의 칭찬을 받을 수 있을 만큼 완전무결한 인간은 어느 시대에도 없습니다. 마찬가지로 전 인류로부터 만장일치로 비난받을 만큼 결함투성이인 사람 역시 어느 시대에도 없었습니다.

눈앞에 나타나는 현상만으로 그때마다 기뻐하고 슬퍼하고 있으면 인간의 감정은 피로에 지쳐 버립니다. 이 도리(道理)를 알고 나면 우리의 마음도 어느 정도 안정이 됩니다. 칭찬받았다고 해서 좋아서 어쩔 줄 몰라하는 것이나, 나쁜 말을 들었다고 해서 원망을 하는 것도 부질없는 일입니다. 그토록 작은 자신에 대한 집착을 깨끗이 버리는 것이 정신 건강에도 훨씬 도움이 됩니다.

제5장 / 평범 (平凡)과 비범 (非凡)

공(空) 속에 자유와 진실이 있다

활 만드는 사람은 화살을 다루며,
물 대는 사람은 물을 끌어오고,
목수장이는 나무를 다루고,
지혜 있는 사람은 자기를 다룬다.

아무리 바람이 불어도
반석이 흔들리지 않는 것처럼,
어진 사람은 뜻이 굳세어
비방과 칭찬 속에 움직이지 않는다.

깊은 못은 맑고 고요해
물결에 흐르지 않는 것처럼
지혜 있는 사람은 도(道)를 들어
그 마음 즐겁고 편안하다.

是故空中無色 無受想行識 無眼耳鼻舌身意
시 고 공 중 무 색 무 수 상 행 식 무 안 이 비 설 신 의
無色聲香味觸法 無眼界 乃至無意識界
무 색 성 향 미 촉 법 무 안 계 내 지 무 의 식 계

　그러므로 공(空) 가운데는 색(色)도 없고 수(受)도 상(想)도 행(行)도 식(識)도 없으며, 눈도 귀도 코도 혀도 몸도 뜻도 없다. 색(色)도 음(音)도 향(香)도 맛도 촉(觸)도 법(法)도 없고, 안계(眼界)도 없으며 내지(乃至)도 의식계(意識界)도 없다.

⁊ ✻ ⁊

　실체가 없다는 공(空)의 입장에 있어서는 물질적 현상도 없고 감각도 없고 표상도 없고 의지도 없고 지식도 없다. 눈도 없고 귀도 없고 코도 없고 혀도 없고 신체도 없고 마음도 없고 모습도 없고 소리도 없고 향기도 없고 맛도 없고 손이 닿을 대상도 없고 마음의 대상도 없다. 눈의 영역에서 의식의 영역에 이르기까지 남김없이 아무것도 없는 것이다.

공(空)이 되게 하는 인식이란

시고공중무색(是故空中無色)

한문 번역으로는 '그러므로 공(空) 가운데는'이라고 합니다. 하지만, 현대어 역에서는 '실체가 없다는 공(空)의 입장에서는'이라고 되어 있습니다. 다 같이 '공의 입장에서 보면'이란 뜻입니다.

공(空)의 입장에서 보면, 색(色)-물리적 현상-은 없다가 되는 것입니다. 특히 오온(五蘊)의 첫머리인 색(色)만을 떼어서 말하고 있다는 점에서, 얼마나 우리가 색(色)-물리적 현상-에 집착하고 있는가를 알 수 있습니다.

색(色)만 무너뜨리고 나면, 오온(五蘊)의 나머지인 수(受)·상(想)·행(行)·식(識)도 따라서 무너지고 맙니다. 그것이 무수상행식(無受想行識)입니다. 오온(五蘊)이라고도 번역됩니다. 즉 인간으로서 존재하게 하는 다섯 가지의 요소입니다.

인간이 인간으로서 존재하기 위해서는 육체(色)·감각(受)·감각한 개념을 구성하는 기능(想)·개념을 기억해 의식을 만드는 기능(行)·의식이나 기억을 쌓아서 만들어지는 기능(識)의 다섯 가지 요소가 필요합니다. 그것이 불교의 인간관(人間觀)입니다. 그리고

191

이 다섯 요소가 힘을 모아 서로 구성하는 것-이것을 인연(因緣)이라고 합니다.

　이 구성을 빼버리면 인간은 존재할 도리가 없기 때문에 공(空)이라는 것입니다. 더욱이 그 다섯 가지 구성분자도 각각 마찬가지로 필요분자가 모여서 서로 같이 구성하는 인연의 법칙에 따르는 것이므로 구성하는 요소 자체도 또한 공(空)이라고 할 수 있습니다.

　무안이비설신의(無眼耳鼻舌身意)

　인간에게는 눈·귀·코·혀·피부, 오관(五官)이 있습니다. 불교에서는 그것에 생각하는 기관(器官)인 의(意)을 더해서 육근(六根)이라고 합니다.

　육근(六根)이란, 청정(淸淨)·청산(靑山)·청천(晴天)이라고도 말하며, 근(根)은 기관이라든가 능력의 뜻입니다. 이 육근도 토대가 되는 다섯 요소의 오온(五蘊)이 사라져서 공(空)이 되면, 이것 역시 공(空)이 되는 것은 당연합니다.

　무색성향미촉법(無色聲香味觸法)

　'색(色)·성(聲)·향(香)·미(味)·촉(觸)·법(法)'을 육경(六境)이라고 합니다. 인식의 대상이 되는 것을 경(境)이라고 합니다. 즉 육근(六根)이 감각작용을 일으키게 하는 대상이 육경(六境)인 것입니다.

　눈에 의해서 인식하는 것이 색경(色境), 귀에 의한 것이 성경(聲

境), 코에 의한 것이 향경(香境), 혀에 의한 것이 미경(味境), 신체에 의한 것이 법경(法境)입니다. 이것도 역시 날려 버리면 공(空)이 됩니다.

무안계내지무의식계(無眼界乃至無意識界)

육근(六根)이 육경(六境)을 인식하는 작용도 여섯 가지가 있습니다. 그것을 육식(六識)이라고 합니다. 반야심경의 '안계내지의 식계(眼界乃至意識界)'와 내지(乃至)라고 하는 말로 생략되어 있는 부분입니다. 생략된 부분을 살려서 말하면,

'안식(眼識-見)·이식(耳識-聞)·비식(鼻識-嗅)·설식(舌識-味)·신식(身識-觸)·의식(意識-知)'이 됩니다.

반야심경에는 안계(眼界)나 의식계(意識界) 등의 계(界)를 쓰고 있습니다. 이것을 인식의 영역이라고 보면 되겠습니다. 그것이 사라져서 공(空)이 되므로-눈의 영역에서 의식의 영역에 이르기까지 남김없이 아무것도 없다는 것이 됩니다.

이제까지 본 안이비설신의(眼耳鼻舌身意)의 육근(六根), 색성향미촉법(色聲香味觸法)의 육경(六境), 견문후미촉지(見聞嗅味觸知)의 육식(六識)을 합한 것을 십팔계(十八界)라고 합니다. 이것은 모두 실체가 없는 것으로 철저하게 날려 버리고, 공(空)이 되게 하는 것이 결론입니다.

이와 같이 남김없이 날려버리고 공(空)으로 하는 인식을 생활에 적용시키면 먼저 편견(偏見)이 없어지게 됩니다. 우리는 흔히

자신의 눈으로 보았으니까 틀림없다, 귀로 들었으니까 확실하다, 체험한 것이니까 정말이다라고 주장합니다. 이것을 확대해서 밀고 나가면 자신이 말하는 것, 믿는 것만이 옳고 바른 것이고, 다른 것은 모두 잘못되거나 틀린 것이 되며 그런 나머지 자기 자신 이외에는 모두 적(敵)이라고 부정하게 됩니다.

이와 같은 편견(偏見)을 쳐부수지 않는 한, 인간의 사색(思索)은 바르게 될 수도 깊어질 수도 없는 것입니다. 더구나 너그럽고 풍성한 인간성이 길러진다는 것은 기대할 수도 없는 일입니다.

자신의 신체라는 하나의 존재, 즉 '색(色)'도, 내 몸에만 국한해서 생각하면 힘이 있는 것으로 착각하기 쉽습니다. 그것을 스스로 자신의 신체가 아니라고 생각해서 집착을 날려 버리고 공(空)이 되어 봅니다. 그러면 자신의 힘만으로 살고 있는 것이 아니며, 자기 이외의 많은 힘에 의해서 내가 살아가고 있다는 것을 알 수 있게 됩니다. 그러면 그때부터 자기 본위의 이기적인 생각에서 벗어날 수 있게 됩니다.

확실히 존재하는 신체는 없다는 식의 억지를 말하고 있는 것은 아닙니다. 어떤 특정한 신체(色)에 사로잡혀 집착하는 마음이 없어진 것이 무색(無色)이라고 하는 뜻입니다. 무색(無色)이 되면 그 모든 물체의 탐욕에서 벗어나게 됩니다. 즉 색(色)의 자유가 얻어집니다. 공(空)의 인생관, 공(空)의 세계관으로의 공관(空觀)이 성립되는 것입니다.

194

이 방식으로 오온(五蘊)의 나머지 부분인 수(受)·상(想)·행(行)·식(識)을 공관(空觀)해 보시기 바랍니다. 그러면 감각과 개념구상, 의식 활동과 지식의 자유를 이해할 수 있게 될 것입니다.

동산(洞山)이라고 하는 옛 중국의 선승(禪僧)이 어렸을 적에 반야심경을 배웠습니다. 한참 배우다가 "무안이비(無眼耳鼻)…"하고 읽어 내려가는 동안에 어린 마음에도 매우 놀라서 자신의 얼굴을 어루만져 보면서 질문했습니다. "내게는 틀림없이 눈도 귀도 코도 있는데 왜 반야심경에는 무안이비(無眼耳鼻)라고 합니까?"

이 점에 대해서 이상하다는 생각과 의문을 가지는 것은 당연합니다. 오관(五官)이 있는 것은 당연한 이치인데, 왜 없다고 하는 것일까요?

소년 동산(洞山)은 반야심경에 '무안(無顔)'이라고 되어 있는 것을 보고 놀랄 수 있었기 때문에 자신의 얼굴에 두 눈이 있다는 사실을 인식할 수 있었던 것입니다. 두 눈의 존재를 사람들은 그들이 지니고 있는 지식과 경험만으로 다 해결된 것으로 알고 그 이상은 무관심으로 끝내 버리고 있는 것입니다.

왜? 내 얼굴에 눈이 코가 입이 있는지 한 번쯤 생각해 보시기 바랍니다.

자신의 소유라는 생각을 없애버리면

현대에도 불가사의(不可思議)라는 말이 자주 쓰이고 있습니다.

장미꽃 나무에
장미꽃 핀다
이렇다 할
불가사의(不可思議)가 없는데도…

이런 시(詩)가 있습니다. 불가사의는 아니지만 이 엄연한 사실
은, 역시 불가사의라는 사념(思念)이 담겨있습니다.

얼굴에 눈이 있고, 코가 있고, 귀가 있고, 입이 있다. 불가사의
가 아닌 것이 불가사의입니다. 얼굴에 눈과 코가 있다고 하는 사
실에, 불가사의가 없을 줄 알았더니 있었구나 하는 놀라움을 느
끼게 되었을 때, 비로소 오관(五官)과 그 인식(認識) 작용이 생기는
것입니다.

자신의 눈과 코지만 자기중심 자기 본위로 쓰지 말고, 그야말
로 내 것이라는 자기 본위를 날려버리고 공(空)으로 한 것이 무안

이비(無眼耳鼻)입니다. 무(無), 자신의 소유라고 하는 생각을 없애 버렸을 때 비로소 바르게 보고 듣고 할 수 있게 되는 것입니다. 눈이 아무리 아름다운 것을 보아도 그저 곱다고 보고 그 이상으로 사로잡히지 않는 자유의 눈이 무안(無眼)입니다.

아름다운 꽃을 보면서 아름다운 것을 느낄 줄 모르거나 아름답다고 속으로 생각하면서도 굳이 아름답지 않은 것처럼 보려고 하는 것은 좋은 것이 못됩니다. 그것은 아름다운 것을 아름다움 그 자체로 바라보지 않고, 그 아름다움에 자기의 생각이 아름다움을 지배하기 때문입니다. 아름다움을 아름다움으로 바라보기 위해서는, '귀·코·혀·몸·마음'을 내 것이란 생각에서 떠나보내야 하는 것입니다.

눈 덮인 땅 밑에서 새싹이 오른다

공(空)을 예술적으로 받아들여서 무(無)의 경지를 이룬 것이 절에서 끓여 마시는 다도(茶道)입니다.

차를 끓이는 주전자, 찻잔, 그릇에 이르기까지 값비싼 공예품을 다실(茶室)에 모아 두고 품위 있게 차 문화를 즐기는 것을 자랑으로 여기는 사람들이 있습니다. 그러나 선가(禪家)에서 도(道)를 수행하고 있는 스님들은 그러한 기물보다는 인간의 마음을 더 소중히 여겼던 것입니다. 그들은 그러한 겉보기의 사치를 멀리하고 소박하고 한적하게 차분히 가라앉은 마음을 간직하기 위해 몸을 닦는 뜻에서 다도(茶道)를 즐겼던 것입니다.

바라다보면 꽃도 단풍도 없었다
포구의 뜸집 초막의 가을 석양…

이 시에서 느껴지는 풍경은 지극히 간소하고 정적(靜寂)한 경지에서 살고 그것을 아끼는 다도(茶道)의 마음을 그대로-또한 소박하게 말해 주고 있습니다.

198

포구의 뜸집 초막은, 바닷물이 출렁이는 작은 바닷가에 있는 초막집보다도 초라한 작은 집입니다. 뜸집은 억새 같은 풀을 거적처럼 엮어서 지붕을 엮은 허술한 움집입니다.

쓸쓸한 가을 저녁 석양, 물가에는 사람 그림자도 안 보이는 고적함을 말해 주고 있습니다. 가을이 깊었으니, 단풍도 낙엽이 되어 다 져버렸으니, 꽃 같은 것이 있을 까닭이 없습니다. 다만 사람이 사는 듯 집이 눈에 뜨이지만 그것도 허술한 움집입니다. 시야에 들어오는 것은 모두가 쓸쓸하고 청정한 풍광입니다. 인정을 날려 버린, 그래서 아무것도 없는, 그러나 그 안에 모든 것이 들어 있는 공(空)의 한 풍경입니다. 이것이 도를 닦는 사람들의 차를 마시는 다도(茶道)의 경지입니다.

꽃을 기다리고 있는 사람에게
산중 두메 마을 눈 덮인
땅 속에 움트는
풀의 봄을 보여 주었으면!

이 시는 산중 두메 마을의 쌓인 눈을 말하고 있습니다. 눈에 들어오는 것은 하얀 눈에 덮인 두메 마을의 경치뿐입니다. 쌓인 흰 눈 사이에서 벌써 풀이 돋아나고 있지 않은가 하고 눈앞의 광경을 말끔히 날려버리면 그 밑바닥에는 무엇이 있겠습니까?

그곳에는, 당신이 구하고 있는 진리의 꽃을 말없이 전하고 싶은 마음의 뜻이 고여 있습니다. 눈앞에 보이는 것을 굳건한 마음으로 날려 버리고, 공(空)이 된, 그 공(空) 안에서 씩씩하게 버티고 서게 되었을 때 비로소 인간의 자유와 진실이 얻어지는 것임을 말없이 가르치고 있습니다.

제6장/쾌락과 번뇌

무거운 짐을 져야만 성장이 있다

사랑의 즐거움에 맡겨 따르면
애욕의 수렁창은 깊어만 가나니,
거기에 빠져 헤어날 길이 없어
생사의 수레바퀴 돌고 돌아라.

애욕에 휘감겨 달리는 중생은
그물에 걸린 토끼와 같다.
번뇌와 집착에 꽁꽁 묶이어
얼마나 많은 생의 괴로움을 받는가!

無無明 亦無無明盡 乃至 無老死 亦無老死盡
무무명 역무무명진 내지 무노사 역무노사진

無苦集滅道 無智亦無得
무고집멸도 무지역무득

　무명(無明)도 없고 또 무명이 다 하는 일도 없다. 내지(乃至), 늙음도 죽음도 없으며 또한 늙음과 죽음이 다 하는 일도 없다. 고(苦)도 집(集)도 멸(滅)도 도(道)도 없으며 지(智)도 없고 또 득(得)도 없다.

ᔑᔑ ❀ ᔑᔑ

　벗어날 밝아짐도 없으며, 사로잡혀 어두움도 없고(깨닫고 벗어나 밝아짐이 없어지는 것도 아니며), 사로잡혀 어두움이 없어지는 일도 없다. 이와 같이 해서 마침내 늙음도 죽음도 없으며 늙음과 죽음이 없어지는 일도 없다고 하기에 이르는 것이다. 괴로움도 괴로움의 원인도 괴로움을 막는 길도 없다. 아는 것도 없고 역시 얻는 것도 없다.

고뇌와 불행의 원인은 무명(無明)

석가는 인생의 무상과 변천의 상황에 대해서 깊이 사색한 후, 그 원인을 거슬러 올라가서 추구한 끝에 열두 계열을 세웠습니다. 그리고 다시 그 궁극의 원리에서 생기는 결과를 하나씩 하나씩 열두 계열에 밝혔습니다. 그것이 십이인연(十二因緣)이며, 십이연기(十二緣起)입니다.

다시 말하면 사람이 태어나서 죽고, 다시 또 미래에 태어나는 과거·현재·미래의 시간과 공간의 흐름을 열두 항목의 원인과 결과로, 이른바 인과(因果)관계로서 풀어나간 것입니다.

인간의 나이 계산도 서양 발상법에 의하면, 모체(母體)에서 세상에 나온 때로부터 계산하고 있습니다. 그러나 동양의 발상법으로는 모태(母胎)에 생명이 들어섰을 때부터 계산합니다.

따라서 서양의 나이 계산법에 의하면, 이 세상에 태어나서 첫 울음소리를 낸 때부터, 즉 이때를 제로(0)로 치고 계산하는 것입니다. 동양의 나이 계산법은 10개월이 포함되어 있습니다. 따라서 이 세상에 나오는 순간 이미 한 살이 되어 있는 것입니다. 제로의 기점을 현재에 두는 만 몇 살의 계산 방법과 잉태의 순간부터, 즉 과거에 원점을 두는 계산법의 발상에는 각각 흥미가 있습니다.

석가는 모태 내에 생명이 들어서는 원인을 세밀하게 사색했습니다. 다만 원인을 추구하는 데 그치는 것이 아니라 그것에 의해서 인생에 일어나는 모든 집착을 막아나가는 방법도 아울러 깨우치게 되었던 것입니다.

그 열두 항목이, 무명(無明)·행(行)·식(識)·명색(明色)·육입(六入)·촉(觸)·수(受)·애(愛)·취(取)·유(有)·생(生)·노사(老死)입니다.

무무명 역무무명진(無無明 亦無無明盡)

'무명(無明)도 없고 또 무명이 끝나고 다하는 일도 없다'의 무명(無明)은 불교의 용어이지만, 세상에서도 쓰이고 있습니다. 그러나 바르게 이해되지 못하고 있는 경향이 있습니다.

무명(無明)은 범어로 아비드야(avidya)입니다. 불교사전에는 '인생의 진리에 대한 바른 지식이 없는 것, 사고와 행동의 대상이 되는 모든 일과 도리를 뚜렷하게 이해하지 못하는 정신상태, 고뇌와 불행의 근본원인'이라고 되어 있습니다. 그리고 이 그릇된 지혜에 의해서 인간의 모든 행위와 경험이 쌓여져 간다는 것이 무명(無明)의 기본적인 해석입니다.

그러나 이 바르지 못한 지혜라든가 그릇된 지혜는 다른 사람에게서 배운 것이 아닙니다. 누구에게서도 배우지 않았고, 언제

206

알아서 하게 되었다는 것도 없이 그렇게 생각하고 알아버린 것이므로 그것을 고친다는 것은 여간 힘든 일이 아닙니다. 정말 귀찮고 고약한 지혜입니다. 여러 가지 인간의 본능도 이 무명(無明)에 포함되는 것입니다.

무명의 무(無)는 없다는 의미와 무시(無始), 처음이 없다는 것의 의미를 갖고 있습니다. 따라서 시작이 없으니 끝이 없다고 하는 것-다시 말하면 언제인지 모르는 사이에 끝도 없이, 따로 가르쳐 주지 않아도 어느 사이에 인간의 밑바닥에 자리를 차지하고 있었으므로 근본무명(根本無明) 또는 맹목적 본능이라고도 말하고 있습니다.

무명(無明)은 보이지도 않고 의식할 수도 없으니 없앨 수는 없지만, 때때로 얼굴을 내미는 존재입니다. 그것은 근본에 있기 때문에, 그것을 뿌리 뽑아 없애려고 하면 그 몸부림 때문에 도리어 피곤해져 버립니다. 무명(無明)을 없애려고 하기보다는 그 작용과 기능을 정돈하는 것이 무명(無明)도 없다고 하는 반야의 지혜에 다가가는 길입니다.

이 부분을 현대 말로 번역하면 "(벗어나 밝아짐도 없으며) 사로잡혀 어두움도 없고, (깨닫고 벗어나 밝아짐이 없어지는 것도 아니며) 사로잡혀 어두움이 없어지는 일도 없다"고 되어 있습니다.

'깨닫고 벗어나 밝아짐도 없으며'라고 하면, 의아스럽게 들릴 수 있습니다. 그러나 앞에서 본 바와 같이, 여기에 공관(空觀)의 극치가 있습니다.

공관(空觀)은 없는 그대로 있고, 있는 그대로 없다는 것으로 유(有)와 무(無)에 구애받지 아니하는 것입니다. 그대로의 실체를 응시하는 것이 공관(空觀)-공(空)의 눈입니다. 이것을 되풀이해서 설명하고 있는 것이 반야심경(般若心經)입니다.

이와 같이 반야심경의 사고방식을 실생활을 통해서 어떻게 포착해야 할 것인가-먼저 무명(無明)은 없는 그대로 있다, 그리고 무명은 있는 그대로 없다는 것이 실체인 것입니다. 어쩌면 마술적인 이야기로 들릴지 모르겠습니다만, 실은 그대로 틀림이 없다는 말입니다.

'무명(無明)은 없다'-틀림없이 존재하는 것이라면 종일토록 시달려야겠지만, 반드시 그런 것도 아니다(실재하는 것은 아니다). 그러나 때때로 집요하게 얼굴을 내밀어 시달리고 있으므로 있다는 것이 됩니다. 없는 그대로 있는 것입니다. 그 반대의 경우, '있는 그대로 없는' 또한 성립합니다.

무명(無明)은 없어지는 것이 아니므로 정리 정돈하는 것이 인생을 윤택하게 하는 방법입니다. 정리된 무명(無明), 정돈된 무명(無明)의 상태-그러고 나면 '있는 그대로 없고, 없는 그대로 있다'는 것이 결코 말의 장난이 아니라는 것을 이해할 수 있게 될 것입니다.

'부모은중경(父母恩重經)'

사람이 이 세상에 태어나는 것은, 무명을 인(因)으로 하고, 부모를 연(緣)으로 한 것입니다.

무명(無明)은 고뇌와 불행의 근본원인이지만, 생식본능의 뉘앙스도 느낄 수 있습니다. 그러나 그 이상으로 인연(因緣)의 불가사의를 디디고 넘어섬을 근거로 하고 있습니다.

심리학자 프로이트는 인간의 생명은 쾌락원리에 바탕을 두는 남녀의 행위에 의해서 태어난 것이라고 합니다. 얼핏 듣기에 무명(無明)과 비슷한 것 같지만, 무명(無明)은 쾌락 이전에 어딘지 모르는 곳에서 솟아오르고 있는 것입니다.

쾌락 이전의 인과율(因果律)로 생각하는 석가

　생물학자는 모체의 태내에 새로운 생명이 잉태했을 때는 0.6
밀리그램의 미세한 수정란이었다고 합니다. 그것이 10개월 동안
에 3.25kg 무게로 성장한다-몸무게는 540만 배로, 키는 2,312배
로 성장한다는 것입니다.

　태내에서 출생한 아기가 성인이 되기까지에는 20년이 걸립니
다. 이 동안에 몸무게는 건강한 사람이라도 20배 전후인 것을 생
각하면, 모태 내에 있어서의 성장률이 얼마나 놀라운 것인가를
알 수 있습니다. 태내의 10개월 동안의 생활은 원시적 동물에서
인류까지 진화한 발생계통을, 생물의 축쇄판(縮刷版)처럼 되풀
이합니다. 그러므로 태내의 하루는 생물사(生物史)의 몇 만 년에
해당한다고 생물학적으로 출생의 상황을 밝혀 주고 있습니다.

　'처음에 무명(無明)이 있었다. 그것은 인생길의 근원이다. 그것
은 시간적으로도 멀고 먼 구원(久遠)이 시작되는 때부터인 것이
다. 이 무명이 원인이 되어 이루어진 본능의 행위가 행(行)인 것
이다. 그리고 그곳에 새 생명이 들어서는 것이다.'

　이같이 정자와 난자 결합 이전의 일까지를 '인과율(因果律)'로

써 밝혀 주고 있습니다.

석가에 의하면, 새 생명이 모태 내에서 길러져서 정신작용과 신체가 발육해 가는 것을 식(識) 또는 명색(名色)이라고 합니다. 그리고 오체육근(五體六根)이 완전히 갖추어지는 것을 육입(六入)이라 부르고 있습니다. 즉 모체의 태내를 막 떠나려고 하고 있는 때입니다. 이와 같이 모태 내에서 길러져서 성장해 가는 것이므로 출생 전부터 나이를 세는 것이 오히려 타당하다고 생각됩니다.

이렇듯 아기는 무명을 인(因)으로 하고, 부모를 연(緣)으로 해서 태어난 것입니다. 무명이 인(因)이므로 부모를 선택할 자유가 없는 자식과, 자식을 선택할 자유가 없는 부모와의 불가사의한 만남이 되는 것입니다. 만약 선택할 자유가 있어서 부모와 자식 관계가 된다면 그것은 계약에 의한 행위일 뿐입니다. 부모와 자식 간은 선택할 자유가 없기 때문에 그 만남의 불가사의에 숨을 멈추고, 그 신비로움에 두 손을 모으지 않고는 배겨내지 못하는 것입니다.

종교가이며 시인이기도 한 어느 사람은 10억의 사람에게 10억의 어머니가 있어도, 나의 어머니보다 더 훌륭한 어머니는 없을 것이라는 시를 썼습니다. 10억의 사람들 가운데서 이 여인을 어머니로 하는 신비로운 연(緣)을 소중히 지켜보고 있는 것입니다. 피가 통하고 있느냐, 통하고 있지 않으냐 하는 데 문제가 있는 것이 아니며, 이 만남의 신비로운 연(緣)을 지켜보며 연(緣)에 살고자 하는 곳에 진실로 애정과 감사의 뜻이 생기는 것입니다.

어느 옛 시인의 시에 이런 구절이 있습니다.

"백금도 황금도 구슬도 무엇에 쓸 것인가, 무엇보다 소중한 보배, 자식보다 더한 것이 있으랴"

다만 내 자식이니까 최상의 보물이다. 이런 간단한 문제가 아닙니다. 그것은 사람의 힘으로 좌우할 수 없는 너무나도 신비로운 만남이기에 소중한 보배인 것입니다.

이렇게 해서 첫 울음소리를 지르고 땅 위에 태어난 아기는 힘차게 무럭무럭 자라납니다. 그리고 물에 닿기도 하고 불에 손을 대기도 합니다. 아직 뜨겁다거나 차다고 식별을 못하는 단계, 이때를 촉(觸)이라고 부릅니다.

이와 같이 이것저것에 스치고 손을 대고 하는 동안에 차갑고 따뜻한 것과 괴롭고 즐거운 것을 받아들이는-감수(感受)의 감각이 기능을 나타내기 시작해서 움직이게 되는 것을 수(受)라고 합니다.

이 수(受)의 감각을 움직임에 따라 자신이 바라는 것에 집착하게 됩니다. 그것을 애(愛)라고 합니다. 애(愛)의 마음이 일어나면 그것을 자기 것으로 하고 싶어집니다. 그것이 취(取)입니다. 왜 취(取)가 있는가 하고 그 인(因)을 살펴보면, 그곳에 무언가 있기

212

때문입니다.

"왜 산에 오르는가?"

이 질문을 받은 등산가가 "그곳에 산이 있기 때문이다!"

이렇게 답변을 했다고 합니다. 그곳에 산이 있으니까 올라
가서 정복하고 싶다고 하는 것이 됩니다. 그것을 유(有)라고 합
니다.

존재하고 있는 것, 그곳에 있는 것을 나의 것으로 하고 싶다
는 유(有)의 관념은 인간이 살아있기 때문에 오는 것입니다. 살아
있는 한, 먹을 것과 입을 것과 거주할 곳을 확보해서 자신의 소
유로 하고 싶은 것입니다. 그렇게 살다가 보면 당연히 늙게 되고
당연히 죽게 되는 노(老)와 사(死), 즉 늙음과 죽음이 닥쳐오는 것
을 거절하거나 피할 도리가 없습니다. 이것이 십이인연(十二因緣)
입니다.

석가는 이와 같이 원인이 된 무명(無明)에서부터, 결과인 늙음
과 죽음의 '노(老)·사(死)'에 이르기까지 사색했습니다. 다시 말해
서, 늙음과 죽음에서 생각을 일으켜 처음의 무명의 원인을 찾는
역(逆)의 길을 찾았던 것입니다. 즉, 무명을 근본으로 해서 늙음
과 죽음의 사실을 밝혀냄과 동시에 현실의 노사(老死)를 실감해
서, 그 인(因)을 무명(無明)에서 구했던 것입니다. 그러나 공(空)은
이 십이인연(十二因緣) 또한 깨끗이 잘라서 날려버리는 것입니다.
그것이 본문의 "무명도 없고 또 무명이 다해 없어지는 일도 없

다.'라는 것입니다.

처음의 무명과 끝 부분의 '노(老)·사(死)' 앞에 무(無)라는 부정사를 붙여서 공(空)이 되게 하고, 중간에 있는 열 개의 연(緣)을 내지(乃至)로 해서 생략하고 있습니다. 십이인연(十二因緣) 모두를 남김없이 공(空)으로 돌려서 날려 버렸다고 하는 것은, 문체와 문맥으로 보아서 분명한 일입니다.

무명(無明)도 없다, 무명이 끝나고 다하는 일도 없다는 것은 모든 것을 남김없이 공으로 돌려, 날려버린 눈으로 실감해 보면 무명(無明) 같은 것은 없다고 부정하고 다시 이것도 부정해서 무명이 다해서 없어지는 일도 없다는 것입니다. 그것을 평범하게 말하면 욕망에 사로잡혀 어두움도 없고 이 사로잡힘과 어두움이 없어지는 일도 없다가 됩니다. 무명(無明)이라고 하는 이름의 사로잡음과 어두움은 있건 없건 크게 방해가 되지 않는다는 뜻입니다.

내지무노사 역무노사진(乃至無老死 亦無老死盡)

마찬가지로 늙음도 죽음도 없다. 그것은 우리가 태어나면 반드시 늙어서 죽는다는 인과(因果)의 철칙에서 벗어나지 못한다.

생(生)·노(老)·사(死)를 공(空)으로 돌리고 날려버린다는 것은, 이것을 부정하는 것이 아니며 생(生)·노(老)·사(死)의 현실계에 살고 있으면서 그것을 싫어하고 좋아하는 감정에 집착하는 일이 없는 순순히 늙고, 순순히 병들고, 순순히 작별을 하고 떠나가는 삶의 자세를 자기 것으로 몸에 갖추는 것입니다.

젊음의 아름다움보다 늙음의 아름다움을…

　생(生)은, 즉 삶은 늙음과 죽음이라는 사실이 있어서 그것에 발목을 잡히고 끌리는 일이 없다면 있어도 없는 것과 같습니다. 있는 그대로 늙음과 죽음의 감정에 끌리지 않고 늙어가야 하며 죽어가야 한다는 뜻이 됩니다.

　그러나 이것은 관념, 즉 생각으로는 쉽게 이해되고 그런 생각을 가질 수 있을지라도 정작 자신에게 닥쳐온 절박한 현실의 문제가 되면 그렇게 간단하게 되는 것은 아닙니다. 그렇다고 해서 그것이 전혀 불가능한 것 또한 아닙니다. 어떠한 행복이라 할지라도 그것에 젖어서 틀어잡고 매달려서 못 빠져나오게 되면, 행복은커녕 비참하기가 이를 데 없습니다.

　그와 반대로 늙음·병듦·죽음과 같은 불행한 일을 만나게 될지라도 그것을 순순히 받아들이고 있는 사람은 그 본인은 물론 곁에 있는 사람들도 구원을 받게 되는 것입니다.

　미국의 시인 휘트먼(1819~1892)은 인쇄공에서 신문기자가 되고, 남북전쟁에 참전하는 등 고난하고 복잡한 일생을 보냈습니다.

215

그는 만년까지도 불행했었지만 미국의 대표적 시인이며, 그의 시 〈풀잎〉은 많은 사람들에 의해 기억되고 읽혀지고 있습니다. 그는 종래의 형식에 사로잡히지 않았으며, 자유와 아름다운 자연의 모습을 찬양한 작품을 많이 썼습니다. 자연뿐만이 아니라 어두운 인생에서도 아름다움을 발견했습니다. 그의 삶이 힘들었다는 것은 타인이 보는 눈이 어두운 인생이라는 말이지, 그 스스로는 삶이 무척 행복했을 것이라고 필자는 생각합니다.

여인 있다
두 사람이 간다
젊음은 아름다워라
늙음은
더욱 아름다워라

젊음은 아름답습니다. 그러나 늙음은 더욱 아름답습니다. 늙음이 아름다운 것은 육체가 아니며 마음의 아름다움인 것입니다. 그 아름다움은 긴 인생의 여정에서 괴로움과 수고로움도 당했으나 그것에 눌리거나 깔리지 않고 좌절하지 않고 그때마다 자신을 갈고닦았던 정성의 아름다움입니다.

도자기나 꽃을 담는 꽃꽂이 기구, 꽃병 같은 것은 새로 구입한 것보다 오래된 것이 가치가 있습니다. 그러나 흠이 있거나 녹이나 있으면 가치가 반감됩니다. 그저 오래된 것이라고 하는 것만

216

으로는 부족합니다. 정성에 정성을 더 해서 곱게 흠 없이 간직했을 때에야 차원이 다른 아름다움이 갖추어지는 것입니다.

인생도 이와 같습니다. 태어나면 반드시 늙습니다. 수많은 인생의 성패에 부딪치고 그때마다 빗나가지 않도록 비굴과 자포자기에 빠지는 일이 없도록 자신을 소중하게 다루고 정성을 다해서 나이를 더해 가야겠습니다.

그래서 늙어 나이 드는 것이 더욱 아름답다고 이해할 수 있게 되면 늙음도 죽음도 없다, 늙음과 죽음이 없어지는 일도 없다고 말하는 반야심경(般若心經)의 마음을 명확하게 실감할 수 있게 될 것입니다.

쾌락을 추구하는 행위에 괴로움이 깃들어

무고집멸도(無苦集滅道)

심경에는 다시 '고(苦)도 집(集)도 멸(滅)도 도(道)도 없으며 지(智)도 없고 또한 득(得)도 없다. 얻는 것이 없는 것으로써 하는 까닭에'라고 여전히 '없으며, 없고'가 이어지고 있습니다.

고(苦)·집(集)·멸(滅)·도(道)의 네 가지 진리를 사제(四諦)라고 하며, 이것이 석가의 가르침인 근본(根本)입니다. 제(諦)는 원어인 범어 사티야의 역어이며 '진리'의 뜻입니다.

역어인 제(諦)는 체념이란 말 때문에 흔히 포기하거나 단념하는 뜻으로 오해되기 쉽지만, 원래 이 제(諦)는 자세히 알고 밝게 알아서 마음을 밝고 즐겁게 한다는 뜻입니다.

이와 같이 사색(思索)의 과정을 거쳐서 오는 깨달음으로서의 제(諦)에 도달한 단념(斷念), 즉 다음 진리의 길을 택하는 결단으로서의 단념인 것입니다. 자칫하면 우리는 그 사이를 과정으로의 단계를 거치지 않고 비약해 버리기 때문에 인생의 인식을 그르쳐 버리는 경우가 있습니다.

제1의 고제(苦諦)는 이 세상은 괴로움이라고 하는 진리이며, 제2의 집제(集諦)는 괴로움의 원인은 무상(無常)과 인간이 자기와 관계가 있는 사람을 두둔하고 자기 마음대로 하는 집착에 있다는 진리입니다. 제3의 멸제(滅諦)는 무상과 집착을 넘어서는 것이 괴로움을 없애버린 깨달음의 밝아진 세계라고 하는 진리이며, 제4의 도제(道諦)는, 멸제에 이르기 위해서는 여덟 가지의 바른 길, 즉 팔정도(八正道)를 수행해야 한다는 진리입니다.

부처님의 명을 받은 사리자가 그 자리에 모인 대중들을 향해 사성제(四聖諦)를 설(說)하게 됩니다.

"부처님은 이 녹야원에서 일찍이 어떤 사람도, 또 어느 곳에서도 설한 적이 없는 최상의 법륜을 설파하셨으니, 그것이 곧 고(苦)·집(集)·멸(滅)·도(道) 네 가지 진리입니다." 하면서 사성제(四聖諦)를 대중들에게 설명해주고, 이어서 도(道)에 이르는 여덟 가지 바른길[팔정도(八正道)]를 설파하였습니다.

정견(正見) : 바른 견해를 갖고, 사성제(四聖諦), 즉 고(苦)·집(集)·멸(滅)·도(道)를 바로 보는 지혜(智慧)를 갖추라.

정사(正思) : 바른 생각으로 번뇌 망상을 멀리하고, 성냄과 원한(怨恨)이 없는 생각을 하라.

정언(正言) : 말을 할 때는 바른 말을 해야 하며, 거짓말·악담·이간질·부질없는 잡담 등을 하지 않으며, 도리(道理)에 맞는 참된 말을 행하라.

정업(正業) : 바른 행위의 실천으로 살생, 도둑질, 음행을 하지 않고, 올바른 계행(戒行)을 지켜라.

정명(正命) : 바른 생활의 실천으로 부정한 장사나 미신 따위의 술수에 마음을 빼앗기지 말며 정당한 방법으로 의식을 얻어 생활하라.

정정진(正精進) : 바른 생각으로 나쁜 생각을 하지 않게 하고, 이미 일어난 나쁜 생각을 없애며, 아직 일어나지 않은 착한 생각을 일깨워 원만히 키워나가도록 끊임없이 노력하라.

정념(正念) : 생각을 바른 곳에 집중하여 몸과 마음과 진리를 바로 관찰하고, 탐욕에서 일어나는 번뇌를 없애라.

정정(正定) : 모든 욕심과 산란한 생각을 가라앉혀 선정(禪定)에 들어가라.

앞에서, 석가가 번뇌를 벗고 진리의 눈을 떠 인생의 참된 길을 깨닫게 되었을 때, 200km의 길을 7일 간 계속 걸어서 녹야원에 있는 다섯 친구들에게 제일 먼저 알리고 가르쳐 주었다는 것을 말한 바 있습니다.

그것이 석가의 처녀설법(處女說法)-초전법륜(初轉法輪)이라고 합니다. 그때의 내용이 이 사제(四諦)입니다. 이후 석가는 입적(入寂)-열반(涅槃)하기까지 50년 간 계속해서 참된 인생의 길을 알리는 내용-사제(四諦), 즉 네 가지 깨달음을 설파하였습니다.

인생은 괴로움이며 고행길이다, 석가는 그것이 진리인 것을 깨달았습니다. 하지만 이것을 알려고 한다면 누구라도 얼마간 저항감을 느끼지 않을 수 없을 것입니다.

실제로 현대의 생활에서는 괴로움이 인생고(人生苦)로써 심각하게 다루어지고 있는 경우를 찾기 힘듭니다. 모두가 편리한 생활을 추구하고 쾌락을 즐기고 마치 내일은 없는 것처럼 내일은 생각하지 않습니다. 그리하여 여가를 즐기고 의식주(衣食住)는 충족되어 있으므로 인생은 즐거운 것이라 해서 웃음이 그칠 날이 없을지도 모릅니다.

그러나 다시 한 번 생각해 보면 그러한 사람들도 쉴 새 없이 쾌락을 추구하지 않고는 배겨내지 못하는-무언가에 쫓기고 있는 심리적 상황-마음대로 안 풀리는 갈등만은 부인할 수 없을 것입니다. 괴로움, 즉 괴롭다는 사실을 감추려는 몸부림으로밖에 볼 수 없다고 해도 지나친 말은 아닐 것입니다. 표면이 화려하고 소란스러우면 소란스러울수록 그것은 마치 인생은 괴로운 것임을 증명하고 있는 것처럼 보입니다.

'태어나지 않았더라면' 하는 시가 나온 것을 보면 인생의 괴로움은 태어남에서부터 시작된다고 보는 견해가 있습니다. 이 세상에 태어난 사람은 단 한 사람도 예외없이 반드시 늙고 병들고 죽는다고 하는 철칙을 벗어나지 못합니다. 태어난 생(生)이 인(因)이며, 늙고·병들고·죽는 것이 과(果)인 것입니다.

오늘 죽은 자는 내일의 나의 모습

어느 시인이 불치의 병에 걸려 병석에서 지은 짧은 시가 하나 있습니다. 내용은 대략 다음과 같습니다.

흔들리지 않으리라 맹세한 마음
흔들리는구나
일어날 일이 있으리라는
기약도 없고 보면

시인에게 다시 일어나서 살 수 있게 되는 재기(再起)의 날은 전혀 예상할 수 없습니다. 흔들려서는 안 된다고 맹세했던 마음도, 가엾게도 줄곧 흔들리고 있음을 술회하고 있는 것입니다.

석가가 아직 출가하기 이전, 싯달타 왕자라고 불리던 때의 일입니다. 어느 날 종자(從者)를 데리고 성 밖으로 나갔을 때 장례 행렬을 만나게 됩니다. 싯달타 왕자는 종자에게,

"저것은 무엇인가?"하고 물었습니다. 종자는 사실대로 "죽은

사람을 장사 지내는 것입니다"하고 대답했습니다. 그는 계속해서 묻는 싯달타의 질문에, 인간의 최후는 누구든지 저 모습이 되는 것이며 누구라도 예외가 없다고 대답했습니다.

여기서 유의해야 할 점은 질문에는 두 가지의 형식이 있다는 것입니다.

하나는, 모르기 때문에 묻는 경우입니다. 자녀들이 부모에게, 학생들이 선생님께 묻는 것이 여기에 속합니다.

또 하나는, 질문을 하는 사람이 답을 하는 사람보다 더 정확하게 알고 있지만, 그 점을 다시 한 번 확인시키기 위해서 질문을 하는 경우입니다. 선생님이 학생들에게, 부모가 자녀들에게 질문하는 것이 그것입니다.

싯달타의 질문은 제2의 유형입니다.

인간은 예외 없이 죽는다. 나도 언젠가는 나를 아는 여러 사람들과 영원히 헤어져야 할 때가 올 것이다. 저 장례행렬의 중심인물인 죽은 사람은 나와 그대가 어느 날인가 그렇게 될 모습인 것이며 조금 앞서 가는 것일 뿐이라는 것을 알아야 한다는 뜻입니다.

석가는 기회 있을 때마다 "늙음은 무엇인가? 병은 무엇인가? 죽음은 무엇인가? 하고 질문합니다. 그리하여 인생의 진실을 지켜보고 뚫어보려 했던 것입니다. 그러나 그에 대한 답변은 지극히 상식적이며 정의적인 것으로서 그 안에는 조금도 놀라고 아

프게 생각하는 것이 없었습니다. 그들의 인생에 대한 무관심에 싯달타는 실망이 컸고 만족하지 못하는 마음을 참을 수 없었습니다.

저 관(棺)은 어디로 가는 것입니까?

- 화장터에

그리고 또 어디로 가는 것입니까?

- 무덤으로

그다음에는 어디로 가는 것입니까?

- 모르겠습니다

어떤 시인이 쓴 '관(棺)'이란 시였습니다. 우리들도 흔히 출상하는 장의 행렬을 만나게 됩니다. 늙음과 병을 포함해서 인생의 괴로움이 그 안에 들어 있는 것입니다. 가깝고 친하게 지내던 사람과 사별할 때 인생의 무상함을 느끼고 괴로움과 아픔을 맛보게 됩니다. 이것이 인생의 제1차 부정입니다.

타인의 죽음에 대해서는 자기와 관계없다고 생각해서 예사롭게 지나쳐버립니다. 자신도 언젠가는 그와 같이 된다는 자각증상(自覺症狀)이 없습니다. 자각이 없는 마음은 무명(無明)의 괴로움이 됩니다.

죽음은 인생의 종착역입니다. 싫어도 그곳에 가야 하는 것이며, 반드시 도착해야 할 역입니다.

인생을 무상이라 느끼는 제1차 부정은 소중한 것입니다. 그러나 그곳에 멈춰 버리면 우리들의 인생을 전개하지 못합니다. 반드시 제2차의 부정이 필요합니다.

97세까지 살면서 선(禪)의 사상과 염불을 연구해서 훌륭한 논문을 많이 남긴 학자가 있었습니다. 이 학자는 한 편으로는 연구하고 저서를 쓰면서 시민들에게 인생의 진리를 알리는 강의를 했습니다.

1966년 97세로 별세하기까지 "나는 사신(死神)과 경쟁하면서 일을 한다"고 말하면서 최후의 날까지 정력적으로 일하다가 일생을 마쳤습니다. 이렇듯 언제 어떻게 될지 모르는 소중한 나의 생명을 사랑하고 아껴서 1분 1초라도 충실한 생활을 하는 것이 제2차의 렌즈로 바라 본 인생인 것입니다.

반야심경(般若心經)은 다시 그것을 날려버려 공(空)이 되게 합니다. 늙음도 죽음도 없으며 늙음과 죽음이 없어지는 일도 없다는 것입니다. 늙음·죽음이 엄연하게 존재하는 이 인생에 있어서, 한 걸음 더 나가 늙음과 죽음에 사로잡히지 않는 든든한 마음의 눈을 뜨고 인연(因緣)의 법칙에 따라 깨끗이 늙고 죽어가야겠습니다.

왜 오래 사는 것에 집착하는가

다음은 집제(集諦)입니다. 늙고 병들고 죽는 것이 싫다면 태어나지 않으면 되는 것이다-이것이 '태어나지 않았더라면'이란 말이 갖는 어감(語感)인 듯합니다.

늙고 병들어 죽는 세 괴로움의 원인이 출생, 즉 이 세상에 태어났기 때문이라고 생각한다면 그것은 추상적 논리적 귀결이 될 수밖에 없습니다. 그러나 석가는 다시 깊이 그것을 파고들었습니다. 괴로움의 인(因)을 멀리 무명(無明)에서 찾아낸 것입니다. '태어나지 않았더라면'하는 생각의 사고방식을 부정하는 것입니다.

누구든지 괴로움도 있고 즐거움도 있습니다. 하기 싫은 공부를 하는 것은 괴롭지만 학교에는 뜻이 맞는 친구들과의 만남과 생활은 즐겁습니다. 이와 같이 인생은 즐거움 안에 괴로움이 있고, 괴로움 안에 또한 즐거움이 존재합니다.

석가는 인생은 괴로운 것이라고 말하고 있습니다. 그러나 일생 동안 모든 것이 괴롭다고 말하고 있는 것은 아닙니다. 괴로움과 즐거움의 어느 한쪽에만 치우치기 때문에 인생은 괴롭다, 아니다 즐거운 것이다, 이렇게 생각해 버리는 것이 괴로운 것이라고 말하는 것입니다. 태어나지 않았더라면 하는 한 가지의 편견에서 벗어나지 못하는 경우 마침내 자신을 괴롭게 하는 것이란 뜻입니다.

석가는 일체(一切)는 괴로움이라고 말했습니다. 그러나 여기서 말하는 일체는 아무것이나 모두라는 뜻이 아니며, 어느 한쪽으로만 치우친 생각을 하게 되면 즐거움도 괴로움이 되고, 괴로움은 더욱더 괴롭게 된다고 하는 것입니다. 즉 편향적인 생각이 모든 괴로움의 원인이라고 하는 것입니다.

우리는 우리들 나름대로 괴로움의 내용을 다시 한 번 살펴볼 필요가 있습니다. 우선, 자신의 마음대로 안 되는 초조감입니다. 자신이 의도한 바대로 일이 진행되지 않을 때에는 고통을 느끼게 되는 것입니다. 다음은, 한 치 앞을 내다볼 수 없어서 어떻게 될 것인지 모르는 불안감입니다. 그 불안은 죽음의 환상이 되어서 자신을 괴롭힙니다. 이것을 정리해서 생각해 보면 결국 자기중심으로 생각해서 행동하고 자신의 목숨을 조금이라도 늘려서 오래 살고 싶다는 집착에서 오는 괴로움인 것을 알 수 있습니다.

석가는 이에 관한 것을 십이인연(十二因緣)에서 밝혀 주고 있습니다. 즉, 무명(無明)에서 태어난 우리들이 몸과 마음의 성장과 더불어 애(愛)·취(取)·유(有)의 과정을 거치면서 물질적으로나 정신적으로, 눈사람처럼 외부에서 붙여 놓은 살덩이 위에 제멋대로의 자아를 형성한 것입니다. 그것이 괴로움의 원인이라는 사실을 분명히 느끼고 알게 되는 진리가 제2의 '집제(集諦)'인 것입니다.

원인을 알면 그 처리법을 강구할 수 있습니다. 그 진리를 밝히는 것이 제3의 '멸제(滅諦)'입니다. 멸(滅)이라고 하면, 우리는 멸망으로 직관하기 쉽습니다. 그러나 본래의 의미는 욕망의 집착에서 벗어나 진리를 깨닫고 생사의 괴로움을 초월하는 것입니다.

학자들은 삼장법사 현장(玄奘)이 역(譯)한 멸(滅)이란 억제한다는 어감이 있음을 지적하고 있습니다. 무명(無明)에서 태어난 우리들은 살아있는 한 여러 가지로 번뇌를 겪고 괴로워합니다.

"나는 30년 동안 좌선(坐禪)을 해왔기 때문에 번뇌-몸과 마음을 시달리게 하고, 어지럽히고, 귀찮게 하고, 사로잡혀 방황하게 하고, 더럽히는 정신작용-가 말끔히 없어졌습니다."

이 자랑스러워하는 말은 스님들에게서 가끔 들을 수 있습니다. 마치 선(鮮)을 깨달은 것처럼 뽐내면서 그릇된 방향으로 독주하는 것입니다.

이런 말을 들은 어느 고명한 큰 스님은 그에게 초상난 집에서나 하는 조문(弔問)의 인사를 했다고 합니다.

"정말 얼마나 상심(傷心)이 되십니까?"

이런 인사말을 듣고 그는 화를 내면서 이유를 말하라고 대들었습니다. 그래서 할 수 없이 큰 스님은 이렇게 대답했다고 합니다.

"번뇌가 있어야만 벗어나고 깨달을 수 있습니다. 번뇌는 벗어나고 깨닫는 밑천입니다. 당신은 그 밑천을 없애버렸습니다. 안 됐습니다. 그리고 인간은 살아 있는 한 번뇌가 없어지는 것이 아닙니다. 그것이 없어질 때는 죽은 뒤인 것입니다. 그래서 얼마나 상심이 되셨는지 물어본 것입니다."

악의가 있어서 비꼬아하는 말이 아니었으므로 그는 쾌히 받아들이고 이해할 수 있었습니다. 그리고 두 사람은 서로 손을 잡으면서 웃었습니다.

인간이 진정한 의미에서 행복하게 되는 실천의 진리가 제4의 "도제(道諦)"입니다. 도제(道諦)는 '팔정도(八正道)'의 여덟 가지 실천 덕목의 하나입니다. 여기서 말하는 '정도(正道)'는 '중도(中道)'와 같은 뜻의 말입니다.

앞에서도 본 바와 같이 중도(中道)란 단순히 어느 정도로, 웬만큼, 적당히 등의 안이한 의미가 아닙니다. 그것은 도리(道理)에 들어맞는 것, 도리에 적중한다는 뜻입니다. 인간이 마땅히 해야 할 도리에 일치되어야만 하는 것입니다.

불교에서 말하는 도리는 인연(因緣)입니다. 인연의 이치에 따르는 것이 중도(中道)입니다. 인연의 이치를 밝혀 깨닫는 것이 정도(正道)인 것입니다. 인연의 법(法)에 따르고, 인연의 이치에 눈뜨게 되면 자연히 집착심도 해소되고 극단으로 달리는 일도 없게 됩니다.

이렇게 불교에 있어서는 바르고 바르지 못함, 즉 정사를 판정하는 기준을 인과(因果)의 이치(理致)에 두고 있습니다. 그 이치, 즉 법칙과 도리에 맞는 것은 정도(正道)이며 그렇지 못한 것은 사도(邪道)인 것입니다. 인과(因果)의 궤도에 올려놓고 살면 집착심이 일어날 까닭도 없으며 집착의 포로가 되지 않는 곳에서 자유가 얻어집니다. 이 자유를 얻음으로써 비로소 균형이 잡힌 마음과 몸이 자라게 되는 것이며 현실을 정직하게 지켜볼 수 있는 지혜가 얻어지는 것입니다.

앞에서 석가의 명을 받은 사리자가 대중에게 설파하는 장면을 설명하였지만 다시 한 번 팔정도(八正道)를 요약하면 다음과 같습니다.

- 정견(正見) 바르게 사제(四諦)의 도리를 봄
- 정사(正思) 바르게 사제의 도리를 생각함
- 정어(正語) 진실한 말을 가지고 이야기함
- 정업(正業) 죄 없이 깨끗하고 맑은 몸과 마음가짐
- 정명(正命) 바른 생활
- 정진(正進) 집착에서 벗어나 진리에 눈뜨는 길로 정진하는 것
- 정념(情念) 바른 길을 염원하고, 정도를 생각하는 것
- 정정(正定) 바른 정신의 집중과 그 안정

석가의 설법(說法)은 중도(中道)를 팔정도(八正道)로 해서 팔손이 나뭇잎처럼 하나씩 하나씩 전개됩니다. 모두가 독립되어 있음과 동시에 그 기점에 있어서는 각각 하나가 다른 일곱 가지를 포함하고 있는 것입니다. 이것을 호구(互具: 서로 같이 가지고 있음)라고 합니다.

반야심경(般若心經)은 이 팔정도(八正道)마저도 없다 해서 날려 버리고 공(空)이 되게 합니다. 모처럼 어렵게 쌓아 올린 팔정도를 날려 버리고 공이 되게 하는 반야의 지혜에 얼마간 번뇌의 느낌을 갖게 된다면 그만큼 반야의 사상에 접근해 있는 것이라고 믿을 수 있습니다.

무지역무득(無知亦無得)

'아는 것도 없고, 또 얻은 것도 없다.'

현대인은 여러 가지의 잡다한 지식을 너무 많이 흡수하고 있습니다. 탱크에 가득 찬 지식은 혀끝에서 나오는 말만 반지르르할 뿐 살아 있는 정신으로 몸에 배어 있지를 못합니다. 그저 알기 위해서 알아 둔 것만의 세계에 머물러 있다는 사실에, 아무런 불만도 스스로의 반성의 느낌도 없어진 것입니다.

지식이 아닌 지혜의 존재, 반야

어느 여대생이 '사람이 아는 것(to know)에 그쳐서는 안 된다. 이루어지는 것, 되는 것(to be)으로 옮아가지 않으면 안 된다는 것을 배우고 감격했'고 하는 말을 들은 적이 있습니다.

생(生)·노(老)·병(病)·사(死)의 사제(四諦)와 팔정도(八正道)를 다만 아는 것에 그치지 않고 그것을 날려버리고 공(空)으로 하지 않는다면 생(生)이 될 수 없을 것이며, 사(死)가 될 수 없을 것입니다. 관념의 유희를 벗어나 공(空)이 되게 하지 못한다면 진정한 지혜는 얻을 길이 없습니다.

아무리 훌륭한 가르침일지라도 그것을 틀어잡고 떠나지 못하게 될 때에는 이 집착 때문에 잘못을 범하게 되는 것입니다. 자기가 속해 있는 종파나 자기가 믿고 있는 종교만이 진실이고, 다른 종교나 종파는 모두 가짜이거나 사이비 종교라 해서 헐뜯고 비난하는 것이 그 좋은 예입니다. 신앙에 너무 깊이 빠져 들어서 자신의 직무를 태만히 하거나 가정을 등한히 하는 것도 그것입니다. 뿐만이 아닙니다. 진리라 하지만 그 가르침에 집착해 버리면 마침내 그 교의(敎義)마저도 오해하기에 이르고 맙니다.

이 무서운 집착을 풀기 위해서는 벗어나고, 없애고, 날려 버림으로써 공(空)이 되게 하는 반야의 지혜를 몸에 갖추어야만 하는 것입니다.

독립해서 존재할 수 있는 실체가 없기 때문에 그 실체 없음을 확인해서 사로잡던 것을 없애고 날려버려서 공(空)이 되게 하므로 자유의 기능을 살려서 자유를 행사하며 살아갈 수 있게 되는 것입니다. 이제까지 있었던 것을 남김없이 없애고 날려버려서 아무것도 없는 공(空)이 되게 하므로 언제나 신선한 것입니다.

그렇다면 도대체 반야의 지혜란 구체적으로 어떠한 모습과 빛깔을 하고 있는 것인가? 그것을 얻은 사람은 후광(後光)이라도 비치는 것인가? 하고 상상해 봅니다. 그러나 만약 그와 같은 것이 있다면 그것은 반야의 지혜가 아닙니다. 그리고 그런 생각에 잠겨 있어서는 반야의 지혜를 얻을 수 없습니다. 그것은 우리가 지니고 있는 지식의 밖에 있는 존재이므로 지(智)조차 없다고 반야심경은 못 박고 있는 것입니다.

지(智)도 없다-무지(無智)란, 실은 큰 지혜를 가리키는 말입니다. 우리는 여러 가지를 알고 있는 것 같지만 사실은 우리가 알고 있는 것이 지극히 잡다한 내용인 것뿐입니다. 특히 자기중심으로 만들어진 대립적인 지식을 한 번쯤 뿌리째 남김없이 도려내고 없애버려서 무내용(無內容)으로 하지 않고는 집착의 자아가 사라지지 않습니다.

무내용(無內容)은, 또 허심탄회(虛心坦懷)-속에 막힌 것이 없고 개운해서 넓고 평화로운 마음-라고 해도 좋은 것입니다. 그것이 지(智)도 없다는 경지이며 그곳에서 큰 지혜[大智]가 나오는 것입니다. 또 자아에 집착하는 마음을 없애고 이기적인 마음의 뿌리를 뽑아버리면 손해도 없지만 그렇다고 해서 아무런 득도 얻어지는 것이 아니므로 득도 없다고 말하게 되는 것입니다.

제7장/공포심과 평안한 마음

괴로운 인생을 즐겁게 하기 위하여

출가(出家)하기는 어려운 일이다.
집에 살기는 괴로운 일이다.
함께 살아 이익을 같이 하기 어렵고
가난의 괴로움 속에 살기는 더욱 어렵다.
어찌 아니 스스로 힘쓸 것이냐?
스님들의 탁발도 어렵나니
어쨌든 도를 따라 한길로 나아가자.
그 속에는 의식이 스스로 있느니라.

以無所得故
이 무 소 득 고

菩提薩埵 依般若波羅蜜多故 心無罣礙 無罣
보 리 살 타 의 반 야 바 라 밀 다 고 심 무 가 애 무 가

礙故 無有恐怖 遠離顚倒夢想 究竟涅槃
애 고 무 유 공 포 원 리 전 도 몽 상 구 경 열 반

얻는 바 없음으로써인 까닭에 보리살타(菩提薩埵)는 반야
바라밀다(般若波羅蜜多)에 의하므로 가애(罣礙)가 없다. 애(礙)
가 없으므로 공포가 있을 수 없고 전도몽상(顚倒夢想)을 원
리(遠離)해서 열반(涅槃)을 구경(究竟)으로 한다.

ᐁᕙᐧ ❋ ᐧᕙᐁ

얻는다고 하는 일이 없으므로 여러 구도자의 지혜의 완
성을 신뢰하여 마음을 놓고, 마음이 가리는 일이 없이 살고
있다. 마음을 가리는 것이 없으므로 두려움이 없으며, 전도
(顚倒)된 마음을 멀리 떠나서 영원의 평안에 들어가 있는 것
이다.

제행무상(諸行無常)한 현재 진행의 세계관

이무소득고 보리살타(以無所得故 菩提薩埵)

이 대목의 한 절은 두 가지로 문장의 단락을 짓는 방법이 있습니다. 그것은 첫머리의 한문 역(漢文 譯) '무소득(無所得-얻는 바 없음으로써)인 까닭에'를 앞 절에 붙이는가, 뒷 절에 붙이는가 하는 것입니다. 선인들은 대개의 경우 후자를 택하고 있습니다. 그렇게 하는 것이 문맥이 분명해지기 때문입니다. 여기서 '소득이 없는 까닭에'라고 하면 세무서에 과세감액의 청구를 하는 것처럼 여겨질지도 모릅니다. 또 돈벌이에 안색이 변하고 있는 현대인은 무슨 웃기는 소리냐고 반문할지도 모를 일입니다.

반야심경은 앞 단[前段]에서 지(智)도 없고, 득(得)도 없다고 지식과 재산의 난(欄)에서 무(無)의 신고를 합니다. 그러나 최후의 집계에 이르면 얻은 바 없음으로인 까닭에 보리살타(菩提薩埵)라고 하는 큰 도장이 거룩하게 찍힙니다. 그곳에 세무서와 신심(信心)의 차이가 있는 것입니다.

보리살타(菩提薩埵)라고 하면 일반인으로서는 대단히 어렵게 느껴집니다. 그러나 글자를 풀이해 보면, 그것은 우리 인간의 이상적인 모습을 상징하는 이상 상(理想 像)입니다. 범어(梵語)의 보디삿트봐(bodhisattva)를 소리가 비슷한 글자로 옮겨 번역한 것이며 더 줄여서 보살(菩薩)이라고도 합니다.

욕망의 집착과 그로 인한 번뇌에서 벗어나, 깨닫고 밝은 진리의 길을 찾아가고자 하는 사람, 즉 구도자(求道者)를 가리키는 말입니다.

앞에서 나온 어느 선사는 보리살타의 주(註)에 '이 길을 가는 사람, 지금도 이 이름인 것이다'라고 써서 남기고 있습니다.

의반야바라밀다고(依般若波羅蜜多故)

남김없이 홀로 독립해서 존재할 수 있는 실체가 없음을 확인하여 날려 버리고 공(空)이 되게 함으로써 자신의 것은 무엇 하나 없는, 무엇 하나 없다고 하는 것도 없는, 자신도 없는, 없는 자신이라고 하는 것도 없는—이 무소득(無所得)의 의미를 바르게 아는 것이 반야(般若)의 지혜인 것입니다. 그러나 그 지혜를 얻었다고 하는 자각마저도 없는 것이 반야바라밀다(般若波羅蜜多)에 의하므로 공(空)인 것입니다.

남김없이 날려 버리고 공(空)이 되게 한다는 것은, 어느 곳에도 머물러 있지 않는다고 해도 좋은 것입니다. 모든 것은 멈추면 그 순간부터 기능이 정지되어 버립니다. 고속도로에서도 차량이 멈추면 바로 그 순간부터 차량의 기능이 뚝 떨어지는 것을 볼 수 있습니다. 하늘을 나는 비행기가 정지하면 추락하지 않을 수 없습니다. 지식이 있다고 하는 곳에도 멈추지 말라, 없다고 하는 곳에도 멈추지 말라, 멈추지 않는다고 하는 마음에도 멈추지 말라-이렇게 계속해서 정체하지 않도록 밀고 나가는 것이 반야의 지혜입니다.

이 세상의 모든 것이 옮아가고 바뀌고 변하면서 강물처럼 흘러가고 있습니다. 그것을 제행무상(諸行無常)이라고 합니다. 제행무상이라고 하면 어딘지 모르게 대단히 쓸쓸한 어감을 지니고 있습니다. 또한 '추이'(推移: 변천하는 것)를 비애로 바라보는 경우도 있습니다. 또는 제행(諸行) 무상관(無常觀)을 현재진행형의 세계관으로 받아들이기도 합니다. 영어에서는 동사의 어미에 -ing를 붙여서 현재 진행형을 나타냅니다. 즉 추이(推移))를 가리키고 있는 것입니다.

그러한 눈으로 사물을 바라보게 되면 멈추어 있는 것은 아무 것도 없습니다. 이 도리, 즉 이치를 참으로 알게 되면 무슨 일에 건 집착하는 것의 무의미함을 잘 알 수 있게 됩니다. 하지만 알았다고 해서 그곳에 걸터앉아 버리면 안 됩니다. 무상관(無常觀)에 걸려서 막혀 있으면 인간은 허무적이 되어 버립니다. 일어서서 앞으로 자신을 밀고 나가야 합니다. 세상은 언제나 현재 진행임을 잊어서는 안 되는 것입니다.

자식에게 사과하는 부모가 되어야 한다

심무가애(心無罣礙)

가애(罣礙)란 '가로막다·방해한다'의 의미입니다. 반야심경의 현대어 역에는 '가리어지는 일 없이'라고 되어 있습니다. 다시 말해서, 더욱 분명하게 구애되는 일이 없다고 해도 좋을 듯합니다. 무가애고 무유공포(無罣礙故 無有恐怖) 구애받는 일이 없으므로, 두려움이 없다-두려울 것이 없다, 이것이-가애(罣礙)가 없으므로 공포가 있을 수 없다-고 심경에 나와 있는 뜻입니다.

지금은 결혼을 해서 세 아이의 엄마가 되었지만, 그녀가 초등학교 1학년이었을 때의 이야기입니다.

몹시 무더운 여름의 어느 날, 가족들과 같이 식사를 하고 있던 아버지가 손에 들고 있던 물 컵을 떨어뜨렸습니다. 컵은 떨어져서 깨지고, 물이 쏟아졌습니다. 물은 딸의 몸에도 튀어서 옷이 젖었습니다. 이런 사실에는 아랑곳하지 않고 아버지는 곁에 있는 딸에게 물을 닦을 것을 가져오라고 일렀는데 딸은 일어날 기색조차 보이지 않고 있었습니다. 아버지는 성미가 급하여 자기도 모르는 사이에 딸을 향해 큰 소리로 꾸짖었습니다.

그러자 그녀는 혼잣말처럼 "나도 빨리 커서 어른이 돼야겠어. 어른은 제 멋대로야. 사과를 안 해도 되거든."하고 중얼거렸습니다.

순간 아버지는 '아차' 하며 자신의 실수를 깨달았습니다.

"미안하다 미안해, 아빠가 정말 잘못했어. 닦을 것을 좀 가져다주겠니?"하고 나직나직 말했더니 딸은 "네." 하고 일어나서 닦을 것을 갖고 왔습니다.

조금 전까지만 해도 아버지라는 권위로 순간순간을 처리했던 것입니다. "내가 명색이 아버지 되는 사람인데"하는 의식에 구애(拘礙)되고 있었기 때문에, 명분이 갖춰지지 않은 잔소리가 튀어나오게 됐던 것입니다. 잘못이 있으면 깨끗이 그 자리에서 자식에게 사과하는 부모가 되어야 합니다. 그것이 진실한 부모의 자비(慈悲)인 것입니다.

"어른은 제 멋대로야. 사과를 안 해도 되거든."

물론 딸이 아버지를 가르치기 위해 그러한 말을 하지는 않았을 것입니다. 그렇다면 딸의 말은 그녀의 말임과 동시에, 그와 같이 말하게 하지 않고는 참을 수 없는 어떠한 작용이 있었음에 틀림이 없습니다.

어린 마음에서도 잘못이 있었다면 부모도 자식에게 사과를 해야 하는데-하는 바람이 스스로 우러나왔던 것이 아니겠습니까?

자기보다도 약한 사람에게 사과하는 마음을 직심(直心) 또는 유연심(柔軟心)이라고도 합니다. 이 마음은 참회에서 우러나오는 것임과 동시에 반야의 지혜에 힘입은 것이며 그 은혜라고 말하고 싶습니다.

자신의 것은 아무것도 없다고 하는 지혜

원리(일체)전도몽상(遠離(一切)顚倒夢想)

반야의 지혜는, 다시 일체의 전도몽상(顚倒夢想)을 원리(遠離)한다고 되어 있습니다. 전도(顚倒)란 말은 지금도 흔히 앞뒤가 전도된 것이라는 등의 뜻으로 쓰이고 있습니다.

한글 사전을 보면 뒤집어엎어지는 것, 거꾸로 하는 것, 엎어져 넘어짐이라고 나와 있습니다. 그러나 불교용어로 도리(道理)를 그대로 보지 못하고 거꾸로 잘못 파악하고 있는 것, 진리에 어긋나는 것이란 뜻입니다. 이 책에서는 물론 이 의미로 쓰이고 있습니다.

불교 행사의 하나인, 우란분(盂蘭盆)은 일반인에게도 퍽 친숙한 느낌이 듭니다. 이 우란분의 원어는 범어의 울람바나(ullambana)입니다. 그것을 우란분(盂蘭盆)으로 소리 나는 그대로 옮겨 썼던 것입니다. 이 울람바나(ullambana)의 뜻은 도현(倒懸)이며, 거꾸로 매달린 것과 같은 거칠고 극심한 고통을 말하는 것입니다. 즉 전도(顚倒)가 그것입니다.

사람이 머리를 아래로 하고 다리를 위로해서 매달려 있는 것

처럼 된다면 얼마나 고통스러운 일이겠습니까? 정신적인 고통
도 극심할 것입니다.

도현(倒懸)은 말 그대로 도견(倒見:거꾸로 매달려서 보는 것)을 상징
하는 것입니다. 도견(倒見)은 진리에 대한 거꾸로 된 인생관, 거꾸
로 된 세계관입니다.

인생은 괴로움인 것을 즐거운 세계라고 생각하고 있거나, 태
어난 사람은 반드시 죽는 때가 있다는 철칙을 부인하며 언제까
지나 끝없이 살고 싶어 한다거나 하는 것이 도견(倒見)이며, 전도
(顚倒)인 것입니다.

이 도견(倒見)에 반(反)하여 바르게 된 인생관을 정립하는 것이
앞에서 본 팔정도(八正道)의 정견(正見)입니다. 팔정도에서 바르게
사제(四諦)의 도리(道理)를 보는 것이라고 말한 바 있습니다. 평범
하게 말하면 도견의 위치에서가 아니고 '눈을 들어서 바르게 보
라'고 하는 것입니다.

정견(正見), 즉 바르게 진리를 보라-팔정도(八正道)에는 정견(正
見), 즉 '보는 것'을 첫 번째에 두고 반야의 지혜의 소중함을 나타
나고 있습니다. 인간은 진리를 거부하는 마음으로 무상(無常)의
세상에 있으면서 영원한 것을 구하고자 하기 때문에 괴로움을
겪게 되는 것입니다. 그 근본을 밝혀 보면, 모두 자신이 사랑스
럽기 때문이며 그렇다고 해서 그 무리한 요구를 마음속에 그리
는 것은 몽상이 아닐 수 없습니다.

그런데 구도자인 보살(菩薩)은, '소득(所得)이 없음으로인 까닭

에'이므로 자신이 이익을 보려고 한다든가 좋은 일을 만나고자 하는 그런 마음이 없으며, 자신의 것은 무엇 하나 없습니다. 자신의 생명마저도 자신의 것이 아니라고 하는 반야의 지혜를 깨달았기 때문에 가애(罣礙)가 없으며, 장애물이 없기 때문에 두려운 것이 없는 것입니다. 괄호 속의 '일체(一切)'는 범문(梵文) 원전에는 없으나, 일반에서는 독송되고 있습니다.

같은 피사체지만 각도를 달리해서 찍으면

구경열반(究竟涅槃)

진리를 구하는 사람은 모든 도견(倒見)과 무리한 요구를 갖지 않습니다. 인생의 괴로움과 무상(無常) 속에서 살아가면서 낙토(樂土)를 발견하고 영원의 생명에 눈떠 있는 것입니다.

그리고 무상(無常)-구경(究竟)의 열반(涅槃), 즉 최후의 이상을 체험하는 것입니다. 그것이 구경열반(究竟涅槃)-열반(涅槃)을 구경(究竟)하는 것입니다.

열반은 니르바나(nirvana)의 소리를 옮겨 쓴 음사(音寫)이며, 모든 사로잡힘에서 벗어난 평안한 마음의 상태를 가리킵니다.

무소득의 생각이란, 자신의 것은 아무것도 없다-무엇하나 없다-이것을 쉽게 말하면, 자기 것이라고 생각되는-취(取)한 모든 것은 살아있는 동안 일시적으로 맡아서 보관하는 것이다-결국은 공(空)이다. 이것을 깨닫게 되는 것입니다.

비록 타인의 물건을 훔치지 않았다 할지라도 순간적인 마음 속으로나마 이것은 나의 물건이라고 탐하는 생각을 했다면, 그 순간에 그 사람은 도둑을 범하고 있는 것으로 판정합니다.

그와 반대로 자신의 것은 아무것도, 무엇 하나 없다고 생각하는 무소득의 마음을 스스로 깨달아 자각(自覺)한 사람은, 그대로 그 자리에서 무상열반(無常涅槃)의 진리를 밝혀 가진, 반야(般若)의 보살(菩薩)이란 칭송을 받습니다.

열반(涅槃)은 마음이 평안한 경지이므로 괴로움인 그대로 흐뭇한 행복을 즐길 수 있는 것입니다. 이러한 생각이 일상적인 하루하루를 즐겁고 유쾌하게 한다고 말하고 있습니다. 무소득의 깨달음 만으로도 괴로운 인생이 즐거워지는 것입니다.

반야심경에 나오는 보살은 관음(觀音)입니다. 그러나 관음은 특수한 인격이 아니며, 앞에서도 본 바와 같이 우리의 본래 모습인 것입니다. 그러므로 모든 인간의 가슴속에는 관음이 깃들어 있는 것입니다.

필자도 잘 알고 있는 도자기 예술가의 인터뷰 기사가 실린 글이 있습니다. 그 도자기 예술가는 고인이 되었으나, 그 인터뷰 내용은 매우 흥미로운 것이었습니다.

"선생님은 도예가로서도 제1인자이지만 사진작가로서도 훌륭한 작품이 많은 것으로 알고 있습니다. 특히 사진작품에 대해서는 어떠한 특별한 생각을 갖고 있습니까?"

이 말을 듣고 있던 A씨는 뭐 그게 대수로울 게 있느냐면서,

"특기라고 말할 것까지는 없습니다. 사진을 잘 찍기 위해서는 사진을 찍는 카메라가 아주 중요한 요소인데, 그것은 아주 정교

하게 제작되기 때문에 광도·거리 할 것 없이 모두 다 자동적으로 나오니까 누구든지 찍을 수 있게 돼 있습니다. 그렇다면 최후로 남는 것은 카메라를 어떻게 잡느냐 하는 것인데, 작품의 구도를 의식하는 카메라의 각도가 문제입니다. 같은 피사체라도 각도가 잘 되어 있느냐, 잘 못되어 있느냐에 따라서 찍은 사진의 결과가 아주 큰 차이가 날 수 있습니다."

이와 마찬가지로 피사체를 바라보는 우리 마음의 각도와 생각을 어떻게 잡느냐에 따라서 피사체의 좋은 면, 즉 다른 사람의 좋은 점, 아름다운 점을 볼 수도 있고, 못 볼 수도 있는 것입니다.

자기 자신에 엉켜 붙은 고정된 각도로 사물을 본다면, 자신의 주의와 주장에 묶여 있기 때문에 다각도의 관점으로 바라볼 수 없게 됩니다. 하지만 그런 장애물을 제거하고 나면, 자유롭게 아름다운 것을 바라볼 수 있습니다. 적대심을 가지고 있는 사람들 가운데서도 착한 마음, 선한 것을 볼 수 있게 됩니다. 우리가 괴로움을 겪고 있는 현실 속에서도 흐뭇한 일, 행복한 내용을 발견할 수 있습니다. 그처럼 존귀한 것이 반야의 지혜인 것입니다.

251

제8장 / 헤맴과 진리에 눈뜸

반야의 지혜에도 멈춰서는 안 된다

사문(沙門)이 밤에 경을 읽는데, 그 소리가 슬프고 바빠서 마치 뉘우치고 물러서기를 생각하는 것 같았다.
부처님이 그에게 물으셨다.
"너, 옛날 집에 있을 때에 무엇을 직업으로 하고 있었느냐?"
"거문고 타기를 좋아했습니다."
"줄이 느슨하면 어떻던가?"
"소리가 나지 않았습니다."
"줄을 아주 조이면 어떻던가?"
"소리가 끊어졌습니다."
"줄의 조임이 알맞으면 어떻던가?"
"여러 소리가 잘났습니다."
"사문이 도(道)를 배움에도 그러한 것이다. 마음이 만일 고르고 알맞으면, 도를 얻을 수 있지만, 너무 사납게 가지면 곧 몸이 피곤할 것이요, 몸이 피곤하면 마음이 곧 괴로울 것이요, 마음이 괴로우면 행실이 곧 뒷걸음을 칠 것이요, 행실이 뒷걸음을 친다면 죄는 반드시 더해 갈 것이다. 오직 마음과 몸이 맑고 편안해야만 도(道)를 잃지 않을 것이다.".

三世諸佛 依般若波羅密多故 得阿耨多羅三藐
삼 세 제 불 의 반 야 바 라 밀 다 고 득 아 뇩 다 라 삼 먁

三菩提
삼 보 리

　삼제 제불도, 반야바라밀다에 의하는 까닭에 아뇩다라
삼먁 삼보리를 얻었던 것이다.

◌◌◌ ✺ ◌◌◌

　과거·현재·미래의 삼세에 있는 번뇌에서 벗어나고 깨어
난 사람들은 모두 지혜의 완성에 깊은 신뢰를 가지며, 더없
이 바른 지혜의 눈을 뜨고 진리의 깨달음을 얻었다.

깎고 깎아서, 남김없이 깎아라

지금으로부터 100여 년 전에, 아주 큰 절의 방장을 지낸 스님이 있었습니다. 이 스님은 본래 유학자였으나 느끼는 바가 있어서 구도자가 되었습니다. 그 스님에게 한 제자가 물었습니다.

"스님, 선(禪)을 수행하면 어떤 득이 있습니까?"

스님은 제자의 질문에 다음과 같이 답했습니다.

"얻는 것은 하나도 없다. 선(禪)은 날마다 손해를 보고 나날이 손해를 입는 것이다."

진리의 길을 닦는 수행은 학문과 달라서 매일 손해를 보고, 깎아낸 위에 다시 더 깎아내고, 이제는 더 깎을 곳이 없는 그것마저도 깎아내 버리는 것입니다. 깎아냈다고 하는 곳에도 멈추지 않는 것입니다. 이것이 앞서 말한 무소득(無所得)입니다.

삼세제불 의반야바라밀다고(三世諸佛 依般若波羅密多故)

무소득이므로 삼세제불(三世諸佛)이 그곳에 임해 있는 것입니다. 삼세(三世)란, 과거·현재·미래이며 영원한 시간의 흐름입니

255

다. 동시에 시방(十方), 즉 열 가지 방향을 지향하고 있습니다. 시방은 동·서·남·북의 4방, 동남·동북·서남·서북의 4유, 상(上)·하(下)의 2방을 합한 것입니다. 즉, 끝없는 공간입니다.

삼세시방(三世十方)의 제불(諸佛)이란 영원한 시간과 무한의 공간 모든 곳에 있는 부처들입니다. 이 삼세시방의 여러 부처들은 구체적으로 누구와 누구를 두고 하는 말이 아니며, 특정한 엘리트도 아니며 초인도 아닙니다. 우리 서로의 우리인 것입니다.

우리는 모든 것을 깎아내고, 깎아냈다는 사실도 깎아내고, 무소득인 반야의 공(空)이 되어 비어 있기 때문에 아무것도 없는, 그 없음으로써 가득 차 있는, 충만한 무(無)의 지혜를 지니게 되었을 때의 우리의 상태인 것입니다.

득아뇩다라삼막삼보리(得阿耨多羅三藐三菩提)

반야심경에는, '득아뇩다라삼먁삼보리(得阿耨多羅三藐三菩提)'를 얻었다는, 도무지 알아들을 수도 없는 어려운 말이 나옵니다. 이 말은 한 마디로 말해서, 반야의 지혜를 체득해도 모두가 해결되는 것은 아니다라는 말입니다.

"관음(觀音), 세지(勢至)의 끈 물[정원(庭園)과 경내(境內) 같은 곳에 물을 들여서 흐르게 한 것]은, 아뇩다라(阿耨多羅),-흘러나오고, 흘러내려 간다"

어느 옛 선사가 명산에 터를 닦고 본당을 건립하면서,

"아뇩다라삼막삼보리의 부처님들, 내가 사는 이 산에 명가(冥加)-가호(加護) 하소서"

하고 불렀던 한 수는 널리 알려진 노래입니다.

이 말은 범어의 아눗타라·삼막·삼보디(anuttara-samyak-sambodhi)를 소리 나는 대로 옮겨서 쓴 것이며, 역(譯)해서 한자로 아뇩삼보리(阿耨三菩提)·아뇩보리(阿耨菩提)·무상정등(정)각(無上正等(正)覺)-이라고 번역합니다.

부처의 깨달은 지혜는 무한히 뛰어나고 훌륭한 것이며, 바르고 모든 것에 고루 미치며 통하는 것이라는 뜻입니다.

"반야의 지혜, 그 덕택으로 가장 높은-무상(無上)의 부처의 마음, 생명이 있는 모든 만물-만인의 가슴속에 깃들어 있다는 것을 깨닫게 되었다"고 하는 것입니다. 그러나 반야의 지혜를 체득하였다고 하여 그것으로 만사(萬事)가 해결됐다고 하는 것은 아닙니다. 반야의 지혜의 체득에도 멈춰 있어서는 안 된다는 것입니다.

인간은 실존적 존재-현실적 존재임과 동시에 각존적(覺存的) 존재-현실은 어둡고 혼란으로 헤매고 있지만 마침내, 헤치고 벗어나-참된 길을 찾게 될 본질을 지니고 있는 존재라는 것을 알아야 합니다.

반야심경의 경전(輕典)으로서의 주요한 부분은 여기서 끝난 것으로 보아도 좋겠습니다. 풀어서 전하고 알려야 할 진리의 내용은 여기까지 설명이 끝나고 있습니다.

제9장 / 진실한 행복

가난한 마음을 풍성하게 하기 위하여

해는 낮에 빛나고
달은 밤에 빛난다.
무기는 군인을 빛낸다.
그런데 부처님은 세상에 나와
위광으로 모든 어둠을 비춘다.

故知般若波羅蜜多 是大神呪 是大明呪 是無
고 지 반 야 바 라 밀 다 시 대 신 주 시 대 명 주 시 무

上呪 是無等等呪 能除一切苦 眞實不虛
상 주 시 무 등 등 주 능 제 일 체 고 진 실 불 허

그러므로 알아야 한다. 반야바라밀다는 이것이 대신주
(大神呪)이며, 이것이 대명주(大明呪)이며, 이것이 무상주(無上
呪)이며, 이것이 무등등주(無等等呪)이며, 능히 일체의 괴로
움을 제거할 수 있으며, 거짓이 없으므로 진실인 것이다.

❦ ❋ ❦

그러므로 사람은 알아야 한다. 지혜를 완성한 위대한 깨
우침의 참된 말[진언(眞言)], 더 위에는 없는[무상(無上)] 진리(眞
理), 무엇과도 비교할 수 없는[무비(無比)] 진언(眞言)은, 모든
괴로움을 가라앉히는 것이며 거짓이 없으므로 진실인 것
이다.

주(呪)를 저주(詛呪)라고 생각하는 선입관

앞에서 반야심경의 주된 설명은 끝났다고 말씀드렸습니다. 이제부터는 남은 부분 전체를 간략하게 정리하겠습니다.

앞서 삼세제불(三世諸佛)도 반야바라밀다(般若波羅密多)에 의한 것이므로, 아뇩다라·삼먁·삼보리를 얻게 되었다고 했습니다. 이것은 시간과 공간을 넘어서 모든 인류가 바른 깨우침을 얻을 수 있는 확약이라고 말씀드린 바 있습니다. 이 확약을 부처의 서원(誓願)이라고 합니다.

그러나 모든 인간이 한 사람도 빠짐없이, 번뇌에서 벗어나 진리에 눈을 뜨는 깨우침을 얻게 되는 것이 염원이며, 진리이지만, 모든 인간이 진리를 깨달아 깨우침을 얻게 되는 날은 없을 것입니다. 무수한 인간의 번뇌와 무한한 부처의 서원(誓願)과의 영원한 갈등입니다. 과거·현재·미래에 걸친 인간의 번뇌가 그치지 않기 때문에 부처의 서원도 무량한 것입니다. 그것이 삼세제불(三世諸佛)입니다. 그래서 반야의 지혜도 또한 영원에 걸쳐서 존재한다는 것입니다.

"반야의 지혜를 얻어서 눈을 뜨고 진리의 길을 열어서 모든 사람들이 행복을 찾을 수 있도록 되기 바랍니다"하는 영원의 서원(誓願)은, 자비(慈悲)의 마음을 띠게 됩니다. 그리고 앞에서 누구든지 반야의 지혜에 의해 아뇩다라·삼먁·삼보리-무상정등정각(無上正等正覺)은 얻을 수 있다고 설명하고 있습니다.

그 무상(無上)·정등(正等)이, [是(시)] 무상주(無上呪)이며, 이것이 [是(시)] 무등등주(無等等呪)로써 전개됩니다.

이 책의 처음 장에 나오는 경의 제목인 '마하반야바라밀다심경'을 공부하면서, 옛사람은 경(經)의 제호(題號)에서 경문(經文)의 마음이 경제(經題), 즉 경(經)의 제목에 집약되어 있음을 중시했다고 한 바 있습니다.

특히 어떤 선사는 반야심경의 경문 첫머리에 "이제부터 앞으로 나오는 말은 '마하반야바라밀다심경'이라고 하는 경전 제목의 뜻을 설명한 문장에 지나지 않는다"는 것을 분명히 밝혀주고 있다는 점도 이미 나온 바 있습니다.

고지 반야바라밀다 시대신주(故知 般若波羅蜜多 是大神呪)

이상의 중요한 어구(語句)를 받아서 정리하는 뜻으로, '그러므로 알아야 한다. 반야바라밀다는, 이것이 대신주(大神呪)인 것이다.'라고 끝맺음을 하고 있습니다.

다시, 반야심경 첫머리의 "관자재보살(觀世音菩薩) 심반야바라밀다(深般若波羅蜜多)를 행(行)했을 때…"를 앞과 같이 받아서 "그러므로 알아야 한다. 반야바라밀다는 이것이 대신주(大神呪)인 것이다…"라고 받아나가는 것입니다.

이미 말씀드린 바와 같이, 반야바라밀다는 공(空)을 보는 지혜의 완성입니다. 이것이 대신주(大神呪)이며, 대명주(大明呪)이며, 무상주(無上呪)인 것입니다. 공관(空觀)의 지혜로써 관념이 아닌 심반야(深般若)를 행(行)하는 것이 바로 주(呪)가 되는 것입니다.

그런데 주(呪)라고 하면, 흔히 우리는 저주라든가 마술적인 일 같은 선입관을 가지고 있습니다. 그러나 심경(心經)에서는, 차원 높은 의미로 쓰이고 있습니다. 주(呪)에 관한 선입관념을 먼저 깨끗이 씻어 버려야겠습니다.

이 주(呪)에는 두 가지의 원어(原語)가 있습니다. 하나는 마하·만트라이며 악법(惡法)을 막고, 선을 지키는 비밀의 어구(語句)로써의 주(呪), 혹은 진언(眞言)이라고 번역됩니다. 이 비밀의 어구가 불가사의한 신비로운 영력(靈力)을 나타냄으로써, 저주(詛呪)와 그밖의 마술적인 것의 양상을 띠게 되는 것이지만, 본래의 뜻과는 거리가 먼 것입니다.

또 하나는 음역해서 다라니(陀羅尼)라고 쓰입니다. 다라니의 의미는 능지(能持)·보유(保有)이며, 다 같이 지탱하고 있다, 계속해서 지니고 있다, 보유하고 있다는 뜻입니다. 이 주(呪)를 지속해서 소중히 지니고 있다는 뜻은 부처의 생명, 부처의 마음을 계속해서 지니고 간직해 나간다고 하는 것입니다.

반야(般若)의 사상을 보전해서 간직하고 보유한다는 것은 입으로만 하는 것이 아니며 진솔한 마음으로 보고 몸으로 실천하는 것입니다.

마하반야바라밀다(摩訶般若波羅蜜多)와 반야(般若)의 지혜를 입으로 외우면 이것은 대신주(大神呪)- 지혜를 완성하는 위대한 진언(眞言)-으로써 진실한 말임은 더 말할 것이 없습니다. 필자는 대신주(大神呪)란 글자의 배열만 보고 있으면 마음이 편안해지는 신통자재한 느낌을 받습니다.

그러나 옛 선사는 이 말에서 신들린 사람 같은 인상이나 그런 오해를 받게 되는 것을 염려해서 소중히 여기고 귀하게 아끼라는 뜻으로, 자성(自性)의 대신주(大神呪)라고 하여 주(呪)를 붙이고 있습니다.

자성(自性)이란, 1장에서 나왔던 초월적 무의식이며, 자각하고 있는 사람은 적지만, 무의식인 그대로 누구나가 보유하고 있는 마음인 것입니다.

옛 선사는 다시 자성(自性)에 대하여 이렇게 뒷받침하고 있습니다.

"인생의 괴로움이나 번뇌로, 이제는 꼼짝 못하고 내가 죽는구나 싶은 막다른 골목에 다다랐을 때, 이 반야의 지혜를 지니고 있었다는 사실이 머리에 떠오르면, 원반에 구슬을 굴리는 것처럼 자유롭게 운행할 수 있게 될 것이다."

신비로운 두뇌의 기능이, 외부에서가 아닌 자신의 내부에 간직되어 있었던 것의 깨달음입니다. 어쩌면 생사를 좌우할지도 모를 순간에 이 소중한 생각을 머리에 떠오르게 해 주는 것이므로 반야바라밀다(摩訶般若波羅蜜多)는 너무나도 과학적인-그것을 넘어서 초과학적인 대신주(大神呪)의 구실을 하고 있는 것입니다. 그다음-반야의 지혜는 인생에 광명을 가져오는 것이므로 대명주(大明呪)라고 나와 있습니다.

옛 선사들은 한문으로 번역된 주(呪)라는 글자가 갖는 신비적인 어감으로 말미암아 본래의 의미가 오해되는 것을 대단히 염려했습니다.

오래된 옛 주석(註釋)에도 '신주(神呪)는 범(凡)을 바꿔서 성(聖)으로 하는 것이 자유자재이므로, 신주(神呪)라고 한다.'고 되어 있습니다. 범(凡)을 바꿔서 성(聖)으로 한다는 것은, 어둠에 사로잡혀 헤매는 것에서 벗어나 깨달음을 얻고 진리의 길을 찾게 되도록 바꾼다는 뜻입니다.

이렇게 초인적인 해석을 못하게 억제함과 동시에 또 지식을 동원하는 지적(知的)인 이해를 피해서 반야의 지혜에 직결하는 것을 권하고 있습니다.

대명주(大明呪)도 그렇습니다. 앞에서 나왔던 또 한 사람의 선사는 이렇게 말하고 있습니다.

"입으로 말하지 말라!"

대명주(大明呪), 이것은 외부에서 주어질지도 모른다고 하는, 명주(明呪)가 갖는 선입관을 정면으로 격파해서 몰아내고 있습니다.

대명주(大明呪)란 반야바라밀(般若波羅蜜)을 칭송한 것이지만, 시방(十方)을 빠짐없이 고루 비춰서 마음의 어두움을 깨는, 자성(自性)의 마음의 실천적 기능을 칭송하는 말입니다.

시무상주(是無上呪)

반야바라밀은 또, 무상주(無上呪)-다른 것과 비교할 것이 없는 최상이므로 이와 같이 칭송되고 있습니다. 동시에 이 반야바라밀은 우리가 초월적 무의식으로서 보유하고 있으므로 무상(無上)·최상(最上)-이며, 최존(最尊), 즉 가장 존귀한 것입니다. 그것을 불러일으켜 깨우쳐 주는 말이므로 무상주(無上呪)인 것입니다. 무상(無上)이라고 하면, 사람들은 위쪽만 쳐다봅니다. 존귀한 것은 위쪽에만 있는 것으로 생각하기 쉬운 집착을 버려야 합니다.

앞에서 "입으로 말하지 말라!"고 했던 선사는 다시 "자기 발밑을 보라, 자신을 지켜보라"고 주의를 환기하고 있습니다. 그리고 세상의 온갖 오물을 뒤집어쓰고 흙투성이, 먼지투성이가 된 자기 안에 담겨 있는 거룩한 마음이-귀한 마음을 불러일으켜 주기 때문에 더없이 높은 마음이란 뜻에서 무상주(無上呪)라고 칭송하는 것입니다.

시무등등주(是無等等呪)

여기서 반야심경은 급(急) 피치로, 반야바라밀다는 무등등주(無等等呪)라고 높이는 뜻을 쌓아 올리고 있습니다. 무등등(無等等)은 무상(無上)을 더욱 찬탄한 말이므로 무비(無比)라고 말해도 좋을 것입니다. 비교할 것이 아무것도 없으며, 바로 우주와 같다는 의미에서 정등(正等)이라고 하는 것입니다. 그것은 진리 자체이며 절대의 존재입니다. 앞에 나온 대로 말하면, 우리의 마음속에도 들어있고 밖에도 널리 퍼져있는, 즉 편재(遍在)하기 때문에 모든 것을 초월해서 있는 존재입니다.

반야의 지혜는, 자기 내부에 보유함과 동시에 외부에도 실재합니다. 우리는 반야의 지혜를 감싸고 있는 존재임과 동시에, 다시 외부에서 반야의 지혜로 감싸여 있는 존재입니다.

대[竹(죽)]로 엮은 바구니 속에 물이 들어있다고 하는 것은 바구니의 외부에도 물이 에워싸고 있다는 것입니다. 바구니는 바구니 안에 들어있는 물을 감싸고 있으면서 동시에 밖에 있는 물에 의해서 감싸여 있습니다.

"자기 안에 신(神)이 없다면 어떻게 해서 천상(天上)의 신(神)을 느낄 수 있겠는가"라고 했던 괴테의 말을 들은 바 있습니다. 그와 마찬가지로 우리 안에 반야의 지혜가 들어 있으리라고는 생각조

차 못하면서 우리 안에 고스란히 간직되어 있었던 것입니다.

그 반야의 지혜가 우리 안에 들어있기 때문에 우리는 밖에 있는 반야의 지혜를 실감할 수 있습니다. 반야의 지혜를 품고 있는 것이 그대로 반야의 지혜의 품에 안겨 있는 것입니다.

이것을 더 넓게 말하면, 부처를 믿는다고 하는 것은 부처의 믿음을 받고 있다는 것이 됩니다. 우리는 거대한, 영원의 생명이라고 하는 흐름 속에 들어 있는 하나의 대(竹)바구니입니다. 아무리 작고 낡은 대바구니일지라도 영원의 생명은 아낌없이 흘러 들어오는 것입니다.

그것을 믿는 것이 믿는 마음—신심(信心)입니다. 이 진실을 자신의 몸과 마음으로 직접 느끼게 되는 것을 깨달음이라고 하며 안심(安心)을 얻었다고도 합니다. 몸과 마음의 평안을 얻은 상태가 되는 것입니다.

이와 같은 의미에서 언제-어디서나-누구든지 반드시 가지고 있는, 반야의 지혜를 무엇과도 비교할 수 없는 무비(無比)이며, 무등등주(無等等呪)라 해서 칭송할 수 있게 되는 것입니다. 그러나 이상과 같은 기록은 한 마디로 어디까지나 개념(概念)입니다. 그것을 자신이 직접 겪은 실감(實感)으로써, 몸으로 받아들이기 위해서는 경문에 있는 바와 같이 행심반야바라밀다의 행(行)-실천이 필요한 것입니다.

매화꽃도 비를 만나야 핀다

반야의 철학은 결코 어려운 것이 아닙니다. 평범한 사실이기 때문에 도리어 이해하기 어려운 점이 있는 것입니다. 마음의 굴곡이 없이 보이는 그대로 보아야 합니다. 이해가 잘 안 되는 점을 불안하게 생각하지 말고 소중히 아껴 주어야 합니다. 새가 알을 품듯이 스스로의 체온으로 어렵고 까다롭게 느껴진 곳을 가슴에 안아서 따뜻한 체온이 감돌게 해야 합니다. 체온이란 우리가 오늘까지 살아온 슬프고 괴로운 인생의 체험입니다. 그렇기 때문에 그것을 잘못 품고 있을 경우 돌이키기 어려운 방향으로 나갈 수 있는 것입니다.

때가 익으면, 어미 새와 새끼가 같은 시점에서 껍질을 안과 밖에서 깨뜨리는 것처럼, 어두웠던 마음-즉 무명의 껍질이 깨뜨려져 벗겨지는 것입니다. 이것을 졸탁동시(啐啄同時)라고 합니다. 여기서, 생각나는 시 한 수가 있습니다.

무엇인가 깨졌다
나의 내부에서 닫혀 있던 것이 깨졌다

그들은 모두 소리를 지르며 외치기 시작했다
복숭아 열매 같은 것이 깨졌다
별과 같은 것이 빛을 뿜었다

그것은 한 인간의 진실에 부딪치기 위한 깨어짐입니다. 한 사람의, 인간의 진실을 통해서, 널리 모든 인간에 통하는, 인간성의 진실을 파헤치기 위한 것입니다.

이 시를 소개시켜 드린 이유는, 세상의 온갖 세파에 부딪치고, 그 체험의 눈을 가지고 넓게 세상을 바라보며 모든 인간의 깊숙이 흐르고 있는 인간성의 진실을 파헤쳐서 그것을 바로 보자는 바람 때문이었습니다.

반야심경의 경우 그 진실이란, "사람은 누구나 반야의 지혜를 가지고 있다. 공(空)을 보는 지혜를 가지고 있다"는 말에 해당되는 것입니다. 그것을 칭송하는 것이 앞에 나온 네 개의 주(呪)입니다. 주(呪)는 몸과 입과 마음으로 외어야 한다고 했습니다.

마음의 눈을 뜨자, 그것을 몸으로 실천해야겠다-이런 바람이 생겨서 비로소 입으로 외우는 주(呪)가 생명을 지니게 되는 것입니다. 거기까지 가기 위해서는, 자신을 바르고 엄격하게 규율하는 것이 중요한 것이며 무절제하게 굴어서는 절대로 안 됩니다.

그런 뜻에서 한 선사는 지난해 엄동설한 추위에 시달린 매화가 비를 만나서 일시에 핀다는 시를 씁니다. 쌓아 올린 노력이 있으면 때를 만나 반드시 피어나는 것이라고 무등등(無等等)에 주

(呪)를 붙입니다.

능제일체고 진실부허(能除一切苦 眞實不虛)

이렇게 해서 반야의 지혜, 공(空)을 아는 지혜가 몸에 붙게 되면 '능히 일체의 괴로움을 제거할 수 있으며'하는 것을 쉽게 이해할 수 있습니다. 동시에 '오온(五蘊)이 모두 공(空)을 비추어 보고, 일체의 고액(苦厄)을 넘어서 스스로 구제하기에 이르렀다'고 하며 글을 맺고 있는 말인 것을 알 수 있습니다. 비추어 본다는 뜻의 조견(照見)을 다시 한 번 생각해 볼 필요가 있습니다.

그 내용은 이미 설명돼 있지만 무등등주(無等等呪)를 바탕으로 해서 다시 생각해 보게 되는 것은 조견(照見), 즉 비추어 보는 것은 자기 안에도 빛을 냄과 동시에 다른 사람의 마음속의 빛을 받아들이는 것입니다. 이것을 가리켜서 '불지견(佛知見)을 연다[開]'고 합니다. 평범하게 말하면 마음의 눈을 여는(뜨는) 것입니다. 자신의 마음의 눈을 여는 것이면서 동시에 다른 사람의 눈을 여는 것입니다. 순서대로 말한다면 먼저 자신의 마음의 눈을 열고 다음에 다른 사람의 마음의 눈을 여는 것으로 이해할 수 있습니다. 논리적으로 말한다면 틀림없이 그렇게 돼야 할 일입니다.

그러나 자신이 만족할 수 있을 정도로 자신의 마음의 눈이 떠지는 것(열리는 것)을 기다리고 있어서는, 실제로 다른 사람의 눈을 열게(뜨게) 하기 위해서 노력할 시간이 없어져 버리는 것입니다. 불교에서는 자기와 타인의 구별이 없는 곳에 서는 것이므로,

271

먼저 다른 사람을 위해서 하는 정성이 그대로 자신도 성장하는 것이 되는 것입니다. 이렇게 마음의 눈을 뜨는 것은 자신과 타인이 반야의 눈을 뜨는 것입니다.

반야심경(般若心經)에 대해서 이제까지 부족하지만 정성껏 살펴보았습니다. 그러나 더 구체적으로 우리가 살아가는 하루하루의 생활, 하나하나 부딪치게 되는 일들을 통해서 기회 있을 때마다 아름다운 것을 바라보자고 스스로를 향해서 외쳐보는 노력이 더욱 소중한 것입니다.

무심코 보아서는 아무런 가치도 없어 보이는 사람이나 물건이나 경치에서도, 그 안에 반드시 아름다운 것이 있음을 알아야 하겠습니다. 그것이 보이지 않는다면 마음의 카메라를 대는 각도, 즉 마음의 자세가 좋지 못했기 때문인 것입니다. 자기 마음의 자세만 좋았다면 자신의 둘레에 있는 모든 것에서 진실한 것, 착한 것, 거룩한 것을 발견하고 바라볼 수 있었을 것입니다.

진(眞)·선(善)·미(美)·성(聖)은 각각 독립적으로 있는 것이 아니며 서로 융합해서 부축하는 상호 협력의 관계에 있습니다.

절대(絶對)이며 없는 곳에서의 깨달음

인간성을 발견하고 그것을 느낄 수 있게 해 준다는 것은, 그 사람에게도 살아가는 기쁨을 자각하게 해 주는 것이 됩니다. 그것을 발견한 사람은 그 이상으로 진실한 기쁨을 느낍니다. 다른 사람의 마음 가운데서 진실한 인간성을 개발할 수 있는 마음은 정말 큰 기쁨이 됩니다. 불교에서는 이것을 가리켜 눈앞에서 제불(諸佛)을 만나는 것이라고 합니다. 자신이 눈으로 보면서 이야기할 수 있는 곳에서 많은 부처들과 대면한다는 뜻입니다. 부처란, 진실한 인간성에 눈 뜬 사람입니다. 그것이 불지견(佛知見)을 연다고 하는 것입니다.

하루 종일 화를 내거나 울거나 하는 사람은 없습니다. 그런가 하면 하루 종일 기분이 좋아서 웃고만 있는 사람도 없습니다. 무언가가 인(因)이 되고 연(緣)이 되어서 그와 같은 상태를 일으키는 것입니다.

태어나면서부터 선천적으로 선인도 없고 악인도 없다는 것은, 다만 인(因)과 연(緣)이 좋고 나쁨에 따라 그렇게 되는, 즉 공(空)의 존재인 것입니다. 그 사실에 눈 뜨고 그것을 알게 되는 것이 반야의 지혜이므로, 이것을 알게 되면 능히 일체의 괴로움은 제거된다는 것을 납득할 수 있을 것입니다.

이렇게 반야심경(般若心經)은 이것도 없다, 저것도 없다-해서 면도날보다도 날카로운 날로 남김없이 밀어 없애고 말았습니다. 아무것도 안 남기고 모든 짐들을 없애버린 것입니다. 미련도 없이 속이 비어있음을 확인해서 날려 버리고 공(空)으로 돌린 것입니다. 왜 그랬을까요?

그것은 무언가에 집착하게 되면 그 집착에 발이 묶여서 참된 인생의 길을 걷지 못하고 언제까지나 헤매고 있어야 하기 때문입니다. 눈, 코, 입, 귀, 피부 등 몸으로 느낄 수 있는 대상은 모두가 순간적 존재입니다. 영원성이 없으므로 비어 있는 공허(空虛)한 것입니다. 우리 눈에, 마음에 보이고 느껴지는 모든 것은, 내부의 인(因)과 연(緣)에 의해서 그와 같이 보일 뿐입니다.

이와 같이 모든 것은 속이 텅텅 비어 있다는 사실을 확인하고 공연한 집착을 남김없이 날려 버림으로써 공(空)이 되게 함과 동시에 공(空)을 깨닫는 반야의 지혜를 배우기 위해서 우리는 이제까지 정성을 기울여 왔습니다.

'반야바라밀다심경'의 제목에는 마하(摩訶)라는 형용사가 붙어 있습니다. 마하에는 크다, 뛰어나고 우수하다, 때로는 많다는 의미를 포괄하고 있다는 점은 앞에서 기술한 바 있습니다. 그것이 결론 부분에서 대신(大神)·대명(大明)·무상(無上)·무등등(武等等)의 주(呪)에 이어지는 것입니다. 그러므로 반야바라밀다를 행(行)할 때에는 먼저 '반야바라밀다'는 가장 높고, 가장 귀한 진리의 말임을 명심하여 '마하반야바라밀'이라고, 몸과 입과 마음을 한 곳으로 모아서 독송하는 것이 좋습니다. 그리하여, 아뇩다라(阿耨多羅)·삼먁(三藐)·삼보리(三菩提)-무상(無上)·정등(正等)·정각(正覺)이 자연스럽게 자기 안에 들어오는 것입니다.

무상(無上)은 무한의 높이이므로 절대(絶對)입니다. 정등(正等)은 우주의 모든 것에 들어 있는 뜻이므로 보편(普遍)입니다. 정각(正覺)은 바른 깨달음, 바른 진리로의 눈뜸입니다. 그래서 오직 하나, 절대(絶對)이며 존재하지 않는 곳이 없는 진리의 깨달음이라고 이해하면 될 것입니다.

제10장 / 자신을 떠난 행위

세태와 명예를 초월해서 사는 길

가을 연못의 연꽃을 꺾듯,
자기를 위하는 집착을 버려라.
자취를 없애고 가르침을 따르라.
부처님은 열반을 설하셨나니.

故說般若波羅蜜多呪 即說呪曰
고 설 반 야 바 라 밀 다 주 즉 설 주 왈

揭諦揭諦 波羅揭帝 波羅僧揭帝 菩提娑婆訶 (세번)
아 제 아 제 바 라 아 제 바 라 승 아 제 모 지 사 바 하

   그러므로 반야바라밀다의 주(呪), 즉 진언(眞言)을 물었다.
바로 그 진언을 풀어서 이렇게 말했다.

   "간 사람이여, 넘어선 사람이여, 피안에 간 사람이여, 피
안(彼岸)에 완전히 넘어선 사람이여, 진리의 깨달음이여, 영
원 하라, 행복 하라."

평범한 까닭에 더 깊은 의미가 있다

고설반야바라밀다주(故說般若波羅蜜多呪)

앞에서 '반야바라밀다'라고 하는 말, 그 자체가 이미 훌륭한 진실의 말임을 밝힌 바 있습니다. 여기서는 다시 그것을 더욱 압축된 진리의 말인 주(呪)로써 풀이하고 있습니다.

석가의 설법, 즉 진리를 풀어서 알리는 말은 대체적으로 산문 형식으로 되어 있습니다. 당시에는 깨달음을 기록하여 남길 활자가 없었기 때문에 외워서 암송하기 편리하도록 시의 형식으로 표현하고 있습니다.

반야심경의 짧은 260문자를 다시 짙게 압축한 것이, "아제 아제 바라아제 바라승아제 모지사바하(揭諦 揭諦 波羅揭諦 波羅僧揭諦 菩提娑婆詞)"라고 하는 주(呪)이며, 이것이 곧 반야심경의 진수(眞髓)이므로, 삼장법사 현장도 이 부분만은 다른 말로 번역을 하지 않고 원음(原音) 그대로 옮겨 놓았던 것입니다. 어떠한 진리의 길에도 일반적인 말로는 설명이 안 되는 깊은 뜻, 즉 오의(奧義)라고 하는 것이 있습니다. 그러나 그것을 알게 되기까지 애쓰고 고생

하며 정성껏 노력해서 체득하였기 때문에 그것은 평범하고, 그러면서도 모두에 통하는 커다란 의미가 되었습니다. 아무것도 모르면서 힘 안 들이고 쉽게 받아들이는 것과는 큰 차이가 있습니다. 평범한 형식으로 표현되고 있는, 현상의 저 깊은 곳에 말과 글로는 표현할 수 없는 숭고한 진실이 있음을 받아들일 수 있어야 합니다.

어떤 예술의 최종적인 경지를 스승으로부터 남김없이 이어받았다는 증서가 한 장의 백지(白紙)라는 말을 들었을 때 깊이 느껴지는 것이 있을 것입니다. 평범의 그윽한 깊이를, 체험이 아니고는 도저히 이해할 수 없는 의미를 알리기 위해서 한 자의 글씨도 안 쓰고 백지 속에 담아서 전하는 것입니다. 그야말로 비밀의 극치라고 말할 수 있습니다.

말하자면 끝까지 비밀[秘]에 붙이는 것입니다. 그러나 이것은 기관에서 쓰는 중요서류의 비(秘)와 같은 의미와는 전혀 다른 것입니다. 그 내용이 너무 평범하기 때문에 비(秘)에 붙이는 것입니다. 누구나가 알고 있는 내용이기 때문에 덮어 두는 것입니다. 기록을 하면 그 평범한 표면의 뜻만 받아들이고 소중한 깊이를 놓쳐버릴 우려가 너무나 컸던 것입니다. 어느 의미에서는 모두 알고 있는 비밀이기 때문에 비(秘)에 붙이는 것입니다.

삼장법사 현장은 아제 아제 바라아제 바라승아제 모지사바하 (揭諦 揭諦 波羅揭諦 波羅僧揭諦 菩提娑婆訶)의 의미를 번역하지 않았습니다. 번역을 하지 않은 것에 그의 깊은 사려가 있습니다. 그것은 원어의 뜻이 있는 만큼 번역하려면 얼마든지 할 수 있었을 것입니다. 그러나 번역하면 어감이 달라지고, 이방인(異邦人)적인 해석이 참뜻을 해칠 우려가 있음을 생각했기 때문에 감히 번역하여 옮기지 못하고, 그 높은 의미를 그대로 전하고 싶었을 것입니다.

이 책의 첫 부분에서 배움이 부족한 늙은 비구니에게 수도 선사가 반야심경을 쉬운 말로 적어 풀이를 해준 이야기를 했습니다.

그때 선사는 경(經)의 제목으로 적혀 있는 '반야'라고 하는 곳에 반야는 아무것도 없는 곳에서 나오는 지혜를 말하는 것이라고 적어 넣어 주었습니다. 또한 선사는 주(呪)가 끝난 곳에 마음도 없고 몸도 사라졌다며, 이것이고 저것이고 말한 대로 소리가 날 것인가 하는 한 수로 맺어 있습니다.

어떤 구도자는 이 선사의 노래를 인용해서 "반야심경(般若心經)의 색(色)은 공(空)이다"-에서 시작해서 마치 백합(白合) 뿌리나 양파의 껍질을 벗기는 것처럼 표피에서 한 껍질씩 벗긴 결과를 두 팔을 벌리며 묻습니다.

자, 그러면 무엇이 남았는가?

아제 아제 바라아제 바라승아제 모지사바하(揭提 揭提 波羅揭提 波羅僧揭提 菩提娑婆訶)'

아제 아제(揭帝 揭帝)

아제(揭帝)는 백합 뿌리, 양파 등의 껍질을 벗기는 것처럼 제거한다는 뜻입니다. 집착을 제거하고, 진공(眞空)으로 나가고자 하는 것으로서 자각(自覺)을 가리킵니다.

바라아제(波羅揭帝)

바라아제(波羅揭帝)는 다른 사람의 집착을 벗기는 것이며 타각(他覺), 다시 말해서 타인을 깨닫게 하는 것에 해당됩니다.

바라승아제 모지사바하(波羅僧揭帝 菩提娑婆訶)

더 나가서 나와 남이 다 같이 진리의 깨달음을 원만히 성취하고자 하는 것이, 바라승아제·모지사바하(波羅僧揭帝·菩提娑婆訶, 원어:para-sama-to·bodhisvaha)이며, 결국 자각(自覺)·타각(他覺)·각행원만(覺行圓滿)-깨달음과 실천이 모두 이루어진다-인 것입니다.

다시 말해, '모두 다 놓고 간다. 몸도, 지혜도, 생각도, 다만 우주가 하나일 때 다 이루어진다. 인물도, 자식도, 꽃, 들, 산야도, 다 덧없는 것이라네, 다 놓고 가네, 세월이 무삼삼이네. 다 가고 없는 세상. 바로 무게세상, 진정한 세상이네. 몸도 지평, 무게도 지평, 마음도 지평이 다 되었구나, 모두가 지평 일세, 모두가 편안한 세상이네.'

특별히 내세워서 비밀로 해야만 할 일은 아무것도 없습니다.

그러나 평범한 일, 아무것도 아닌 보통의 예사로운 일에서 감동을 느낄 수 있게 되기까지에는 상당한 수련이 필요한 것입니다. 그 수련이 적은 사람들을 위해서는 그것을 비(秘)로 해야 하는 것입니다. 그와 같은 의미에서 선인들은 경건한 마음으로 이 낱말이 갖는 어감을 흡수하고, 그 전의 번역을 좀 더 부드럽게 표현해서 이렇게 번역하고 있습니다.

바라승아제 모지사바하(波羅僧揭帝 菩提娑婆詞)

"간 사람이여, 넘어선 사람이여, 피안(彼岸)에 간 사람이여, 피안에 완전히 넘어선 사람이여, 진리의 깨달음이여, 영원하라, 행복하라."

글자와 글자 사이의 빈 곳을 메우면 "나도 깨달음의 피안(彼岸)에 이르렀다. 다른 사람도 또 그 피안에 가도록 했다. 모든 사람들을 다 가도록 일을 마쳤다. 마침내 나의 깨닫고자 하는 길이 이루어진 것이다"-이렇게 풀어지는 것임을 우리에게 가르쳐 줍니다. 특별히 내세울 것도 없는 평범한 진리라고 할 수 있습니다. 그래서 풀이를 하지 않고 원문 그대로 둠으로써 비(秘)로 해 두는 것입니다. 그러나 이 평범의 삼엄(森嚴)함에 옷깃을 여미게 됩니다. 이러한 겸허한 마음을 얻게 되는 사람들에 의해서 진리의 가르침은 넓게 전파되어 가는 것입니다.

눈 더미로 샘물을 메울 수 있는가

앞에서 시무등등주(是無等等呪)를 본 바 있습니다. 반야심경 최후의 이 주(呪)에서 무등등(無等等), 그 자체로써 비교할 것이 없다는 의미를 확실히 느낄 수 있습니다. 자기만의 행복이 아니며 다른 사람만의 행복도 아닙니다. 다른 사람의 행복이 자신의 행복이 되는 그것이 자각(自覺)이며 타각(他覺)입니다. 언제나 진리를 깨닫고 진리에 눈 뜬 밝은 마음으로 생활해 가는 그것이 각행원만(覺行圓滿)이라는 것입니다. 이보다 더한 인생의 참된 의미가 있겠습니까?

이 맹서(盟誓)와 바람[願]을 소중히 해야 합니다. 소중히 하는 의미에 있어서 비밀이라고 할 수 있습니다. 평범하다는 이유 때문에 비밀로 한 가르침이라고 할 수 있습니다. 그만큼 중요한 가르침이기도 합니다. 기회 있을 때마다 반야심경의 독송(讀誦)을 권합니다. 때로는 반야심경을 독송하면 어떤 혜택이 돌아오느냐고 묻는 경우가 있습니다. 그런 때에는 경(經)의 시무등등주(是無等等呪)의 주(呪)로써, 옛 선사가 선문(禪門)의 고사(故事)를 인용한 다음과 같은 이야기를 전해 주고 있습니다.

덕운이라고 하는 덕이 높고 수행(修行)이 높은 스님이 있었습니다. 덕운 스님이 치성인(癡聖人)과 함께 쌓여 있는 눈을 져 날라다가 샘을 메우려 하고 있습니다.

이 글은 《벽암록(碧巖錄)》이라는 선서(禪書)에 격조 높은 송(頌)-게(偈), 가타(伽陀: gatha)라고도 하며, 시의 형식으로, 교리를 찬미하는 노래와 글귀로-다른 치성인(癡聖人)을 데리고 와서 눈을 져 날라다 같이 샘을 메우는 풍경을 노래하고 있습니다.

먼저 치성인(癡聖人)입니다. 치(癡)는 바보라고 하는 뜻입니다. 진(眞)·선(善)·미(美)·성(聖)의 다음에 치(癡)가 놓여 있습니다. 치(癡)란 성(聖)스러운 것에도 집착하지 않는, 거룩한 성(聖)도 의식하지 않는, 성(聖)을 부정해 날려 버림으로써 공(空)이 되게 하는 사람인 것입니다.

이 치성인(癡聖人)에게 반야의 지혜가 가득히 쌓여 있다는 것을 진실한 눈으로 보아야 합니다. 이 치성인은 덕운 스님에 의해서 깨우쳐진 사람입니다. 스스로 깨달은 덕운 스님은 자기가 깨우침을 준 치성인(癡聖人)과 함께 눈을 등에 지고 가서 샘을 메우려고 하는 것입니다.

그러나 눈으로 샘을 메울 수는 없습니다. 영원히 메워지지 않습니다. 그것은 무엇을 의미하는 것이겠습니까?

자신의 지위나 학력과 신앙에 구애받거나 그것을 의식하는 일이 없이 결과와 효과를 염두에 두지 않고 묵묵히 헛수고를 계속하는 것입니다. 말없이 쌓아 올리는 이 헛수고의 소중함, 나아가서 그 소중함마저도 의식하지 않는 영원의 노력입니다.

현대는, 조금이라도 다른 사람에게 인정을 받으려는 PR의 시대입니다. 자기를 팔고 다니는 사람으로 넘쳐나는 세상입니다. 그러한 사람들만으로는 사회가 결코 진보하지도 행복하게 될 수도 없습니다.

눈 더미로 샘을 메우려고 하는, 영원의 바람에 몸을 불태우고 그것을 실행하는 치성인과 덕운 스님과의 만남에서 반야의 지혜와 행(行)의 의미가 가득히 쌓여 있음을 찾아볼 수 있습니다. 그리고 반야의 지혜가 얼마나 소중한 것인가를 알 수 있게 된다면, 말없이 자신이 하고 있는 일을 통해서 있는 힘을 다해 스스로 그 안에 뛰어드는 것입니다. 반야의 지혜가 가르치는 바에 따라 그것을 행동으로 옮겨 실천하기 위해 투신하는 것입니다. 그것이 바로 자신과 타인을 다 같이 행복하게 하는 길입니다.

이 평범한 깨달음, 즉 각성(覺醒)이 심반야바라밀(深般若波羅蜜)을 행(行)하는 관음(觀音)입니다. 이 관음의 마음이 분명히 자기 안에도 초월적 무의식으로서 존재한다는 사실을 진심으로 납득할 수 있게 되는 것이 반야심경의 공덕이라고 믿습니다.

부록 / 원시경전(原始經典)에서

길을 찾는 이

부처님은 보리수 그늘에서 정각(正覺)을 얻었던 순간을 회상하면서 다음과 같은 비유를 들어 말하였습니다.

"비구들이여, 어떤 사람이 아주 깊은 숲 속을 헤매다가 우연히 옛사람들이 걸어간 길을 보았다. 그 길을 따라 한참 가 보니, 거기에는 옛사람들이 살았던 자취가 있는 낡은 성이 있었다. 그 성은 아름다운 연못으로 둘러싸여 있는 곳이었다.

그는 자신이 살고 있는 성으로 돌아오자, 곧 임금에게 아뢰어 그 성을 다시 옛날의 아름다운 모습을 찾을 수 있도록 쌓아 줄 것을 간청하였다.

이 이야기를 들은 임금도 흥미를 느껴 곧 신하에게 명하여 성을 쌓게 하였다. 그랬더니, 그곳으로 사람들이 모여들어 살게 되었다. 비구니들이여, 나도 그와 같이 옛날 성인들이 걸어간 길을 찾았을 뿐이다. 그리고 그 길을 너희에게 가르칠 따름이다."

부처님은 자기가 가르치는 길은 영원한 길임을 말하고 있습니다. 그 길은 벌써 오래전에 옛 성인들이 걸은 길이라는 것입니다. 또 그 길은 먼 뒷날에도 다른 부처님에 의하여 또 새롭게 발견될 것입니다.

부처님은 "내가 길이다"라는 말을 한 적이 없습니다. 부처님은 다만 영원한 길을 찾아낸 분이고, 또 그 길을 중생에게 가르쳐 준 분입니다.

부처님의 설법은 언제나 듣는 사람에 따라 달라집니다. 환자의 병을 진찰하고 나서 그 병을 치료하는 데 알맞은 약을 처방하는 의사처럼, 부처님은 찾아와 묻는 사람에게 알맞은 설법을 합니다. 왕에게는 왕의 신분에 맞게, 과부에게는 과부가 들어서 이해하도록, 때와 곳에 따라 부처님의 설법은 달라지는 것입니다.

먼저 나를 찾아라

어떤 사람은 혼자 있으면 고독하다고 합니다. 혼자서는 외로워서 못 견디겠다며 그것을 잊기 위해서 라디오를 듣거나 영화를 보거나 혹은 벗을 찾아 밖으로 나가 하잘 것 없는 이야기를 하더라도 혼자 있는 세계에서 벗어나려고 합니다. 그러나 혼자 있다는 것은 곧 자기 자신과 함께 있는 것이요, 자기의 마음속 가장 깊은 데서 울려 나오는 내심의 소리를 들을 수 있는 기회입니다. 그런데 사람들은 심심하다든가 적적하다든가 해서 밖으로 뛰쳐나가기 때문에 그 소리를 듣지 못합니다.

바깥소리는 우리들의 시간을 앗아가기도 하고 기운을 빼앗아 가기도 합니다. 소음에 귀를 기울이다 보면 우리는 때 묻지 않은 순수한 우리 자신의 목소리를 들을 수 없게 됩니다. 우리들의 가장 깊은 속마음에서 들려오는 그 소리는 곧 예수의 음성일 수도 있고, 공자의 말씀일 수도 있고, 부처의 목소리일 수도 있습니다. 그것은 진리의 소리입니다.

바깥세상의 시끄러운 소음으로 우리가 정작 들어야 할 소리를 듣지 못하고 살아간다는 것은 분명히 현대인이 겪고 있는 커다란 비극이 아닐 수 없습니다. 혼자 있다거나 혹은 고독하다는 것은 곧 나 자신을 찾는 길입니다. 고독을 견디어 낼 수 없는 사람은 그 자신을 찾아낼 수 없습니다. 고독의 의미를 모르고 어떻게 그 자신의 길을 갈 수 있겠습니까?

자기에게 충실했던 이탈리아의 천재 레오나르도 다빈치는 화가란 고독해야 한다면서 이런 말을 한 적이 있습니다.
"고독하다는 것은 곧 구원을 받은 것이다. 만일 네가 혼자 있다면 너는 완전히 네 것이다. 그러나 한 친구와 같이 있을 경우, 너는 절반의 너일 뿐이다."
진리를 찾아 정진하는 구도자는 고독한 나그네입니다. 그는 먼저 나를 찾기 위하여 눈과 귀를 밖으로 돌리지 않고 자신에게로 향하기 때문입니다.

녹야원(鹿野苑)에서 처음으로 설법을 하신 부처님은 얼마 동안 그곳에 머물러 계셨습니다. 그때, 부처님의 지혜로운 가르침을 듣고 출가하여 제자가 된 사람의 수는 60여 명입니다. 부처님은 그들을 사방으로 보내어 이 새로운 교법을 널리 펴게 하였고, 부처님 자신도 다시 우루벨라, 즉 고행림(苦行林)으로 전도의 길에 올랐습니다. 우루벨라로 가는 도중 부처님은 혼자 숲에 들어가 나무 그늘에 앉아 쉬고 있었는데, 이때 한 패의 젊은이들이 당황해하며 무언가를 찾아 숲 속을 헤매고 있었습니다. 나무 아래에 부처님이 조용히 앉아 있는 것을 보고 그들 중의 한 사람이 물었습니다.

"여기로 한 여인이 도망쳐 오지 않았습니까?"

그 사정을 들어 보니, 그들은 이 근처에 사는 신분 높은 집안의 자제들이었는데, 30여 명이 저마다 자기 아내를 데리고 모처럼 이 숲으로 소풍을 나왔다고 합니다. 하지만 그 가운데서 단 한 사람만은 아직 결혼을 하지 않았으므로 기녀를 아내 대신 데리고 올 수밖에 없었다는 것이었습니다. 그런데 숲에서 모두들 정신없이 놀고 있는 동안 그 여인은 값진 물건들을 가지고 달아나 버렸고, 그래서 놀이의 흥도 깨진 채 그 여인을 찾고 있다는 것이었습니다.

이와 같은 사정을 듣고 부처님은 그들에게 말하였습니다.

"젊은이들이여, 그대들은 이를 어떻게 생각하는가? 달아난 여인을 찾아내는 것과 자기 자신을 찾아내는 것 중 어느 것이 더 큰 일이겠는가?"

부처님의 이러한 질문은 그들의 마음속에 강한 자극을 주었습니다. 놀이에만 정신이 팔렸던 그들은 부처님의 말씀에 번쩍 제정신이 돌아왔습니다.

"그거야 물론 자기 자신을 찾아내는 일이 더 큰 일이겠죠."

한 젊은이가 이렇게 대답하자, 부처님은 다시 그들에게 말하였습니다.

"젊은이들이여, 그럼 다들 거기에 편히 앉아라. 내가 이제 그대들을 위해 자기 자신을 찾아내는 법을 가르쳐 주리라."

젊은이들이 모두 자리에 앉자, 부처님은 차근차근 인생의 바른 견해와 올바르게 사는 길에 대하여 말씀하기 시작했습니다. 그들이 지금 당하고 있는 처지를 이해하고, 누구나 알아들을 수 있도록 알맞은 비유와 옛이야기를 곁들여 가면서 그들에게 말했습니다.

젊은이들의 마음은 아직 세상에 물들지 않고 순수하였으므로 이치에 맞는 부처님의 가르침을 열심히 들었습니다. 부처님의 말씀에 그들은 새로운 눈이 뜨이는 것이었습니다. 이제까지 외면하고 소홀히 지나쳤던 일들을 다시 생각하게 되었습니다. 부처님의 말씀을 이해한 그들은 이제 조금 전까지의 그들이 아니었습니다. 바깥 세계에 마음을 빼앗기느라고 자기 자신의 세계를 돌아볼 수 없었던 그들은 이제 자기 내면을 보기 시작한 것입니다. 지금까지 들리지 않던 '내심의 소리'가 들리기 시작한 것입니다.

부처님의 가르침은 이와 같이 안을 살피는 길입니다. 멀리 밖에서 찾아 헤매는 것이 아니라 바로 자기 자신을 탐구하는 가르침입니다. 바깥 소음에 휩쓸리지 않고 침묵의 세계에서 자기 자신을 살펴야 하는 것입니다. 물건을 가지고 달아난 여인을 찾아 부질없이 어두운 숲 속을 헤맬 것이 아니라 먼저 나를 찾아야겠습니다.

독(毒) 묻은 화살

우리들은 걸핏하면 죽겠다는 말을 많이 씁니다. 배가 좀 고파도 죽겠다 하고 아파도 죽겠다 하며 누가 그리워 보고 싶어도 죽겠다고 합니다. 이 말의 뜻을 곰곰이 생각해보면 거기에는 반드시 괴로움이 스며들어 있기 마련입니다.

우리가 살고 있는 현실의 삶을 되돌아보면, 거기에는 헐벗고 굶주리는 생활이 있습니다. 늙고 병드는 괴로움이 있습니다. 또 갖가지 다툼이 있습니다. 그리고 우리들의 마음속을 들여다보면, 선망·질투·원망·야심·허영·욕심 등이 한데 뒤섞여 잠시라도 평온하게 있을 수가 없습니다. 하고자 하는 일도 뜻대로 되지 않아서 실망과 낙담이 우리를 우울하게 만듭니다. 이와 같이 우리들의 현실 생활에는 괴로움의 강물이 끊임없이 흐르고 있습니다. 그렇다면 이 '괴로움'이라고 하는 것은 도대체 어떠한 성격을 가지고 있는 것일까요?

괴로움에는 마음의 괴로움과 육체적인 괴로움이 있습니다. 육체적인 고통은 인간인 이상 누구나 받게 되지만, 그것을 현자(賢者)들은 마음의 괴로움으로까지 가져가지 않습니다. 하지만 우리들은 바깥에서 얻은 고통을 마음으로 가져와서 곧 마음의 괴로움도 함께 받게 되는 것입니다.

예를 들어 몹시 좋아하고 소중히 여기는 어떤 물건을 잃어버렸다고 합시다. 이때 우리는 물건만 잃어버리는 것에 그치지 않고 아깝고 분한 생각 때문에 우리들의 마음까지도 함께 잃어버리게 되는 일을 가끔 경험하고 있지 않습니까?

그러나 물건쯤이라면 차라리 견딜 수도 있습니다. 사랑하는 부모님이나 벗을 잃게 될 경우, 슬픔은 오래오래 가슴속에서 가셔지지 않습니다. 하지만 부처님의 법을 깨달은 사람들은 세상에 있는 것은 항상 그대로 있는 것이 아니라는 '무상(無常)의 이치'를 알았기 때문에 그러한 괴로움에서 선뜻 벗어날 수 있습니다. 같은 고통을 범부(凡夫)와 성자(聖者)는 이처럼 다르게 받아들이는 것입니다.

우리에게 있어서 필요한 일은 어떤 괴로움을 당하였을 때에 그 괴로움에 몸과 마음이 짓눌리지 않고 자신의 본래의 모습을 잃어버리지 않도록 살펴보는 것입니다.

부처님이 시라아바스티이의 제에타바나 정사에 있을 때입니다. 하루는 말룽캬[鬘童子(만동자)]라고 하는 제자가 심각한 표정으로 부처님을 찾아왔습니다. 그가 심각하게 생각하고 있는 것은 부처님이 어떤 문제에 대해서 해답을 주지 않기 때문에 품고 있는 불만이었습니다.

그 문제는 당시 사상가들 사이에 크게 유행되던 인생은 유한한가, 무한한가, 혹은 영혼과 육체는 같은 것인가, 따로 떨어져 있는 것인가 하는 문제들이었습니다.

철학을 공부하는 그는 부처님이 그와 같은 문제에 대하여 시원스러운 답을 주지 않는 것에 견딜 수 없이 못마땅하게 생각하고 있었습니다. 그는 무척 흥분된 목소리로 부처님께 여쭈었습니다.

"세존이시여, 저번에 말씀드린 그 문제에 대하여 오늘도 해답을 주시지 않는다면 저는 그만 세존의 곁을 떠나 집으로 돌아갈 작정입니다."

부처님은 제자의 상기되어 있는 얼굴을 한참 동안 뚫어지게 바라보고 있다가 마침내 그에게 말문을 열었습니다.

"말룽캬여, 여기 어떤 사람이 독이 묻은 화살에 맞았다고 하자. 그때 그의 친구들은 서둘러 의사를 부르러 갔다. 그런데 그는 먼저 나를 쏜 놈은 누구인가, 그 화촉은 어떤 모양을 하고 있는가, 이와 같은 일을 알아내기 전에는 이 화살을 빼내서는 안 된다. 치료도 받지 않겠다고 고집을 부린다면 어떻게 될 것인가. 그는 그와 같은 사실을 알기도 전에 죽고 말 것이다.

말룽캬여, 세계는 유한한 것인가 무한한 것인가, 영혼은 육체와 같은 것인가 다른 것인가, 인간은 죽은 뒤에도 그대로 존재하는가 안 하는가, 이와 같은 문제에 대답하였다고 하여 우리들이 지금 받고 있는 괴로움이 사라지는 것은 아니지 않느냐. 우리들은 당장 겪고 있는 이 현실의 문제를 극복하지 않으면 안 되는 것이다.

그러기 위해서는, 말룽캬여, 내가 말하지 않는 것은 말하지 않는 그대로 받아라. 그리고 내가 말한 것은 말한 그대로 받아 가져라."

이 비유를 부처님의 '독 묻은 화살의 비유'라 하여 불자들 사이에는 널리 알려진 이야기입니다. 이 비유는 우리들의 걱정 근심이나 괴로움을 없애는 일에 직접 소용이 없는 의논을 피할 것을 가르친 것입니다. 동시에 괴로움의 근원이 되는, 화살이 박혔다는 사실을 인식하고 우선 고통의 원인인 독화살을 빼내는 일이 선결문제임을 말한 것입니다. 활이 어떻게 생겼거나, 활촉이 어떤 모양을 하고 있거나, 누가 쏘았거나 그것은 다음 일이고 먼저 급히 서둘러야 할 일은 독이 몸에 퍼지기 전에 화살을 빼내는 일입니다.

항상 근심 걱정 속에 있는 자기의 현실을 바르게 살피고, 이 걱정 근심으로부터 어떻게 벗어나야 할 것인가 하는 점에 수도의 목표가 있는 것입니다. 이렇게 볼 때, 회색의 이론은 아무리 깊고 합리적일지라도 그것은 하나의 부질없는 말장난에 지나지 않습니다.

부처님께서, 세계가 유한한 것인가 무한한 것인가와 같은 형이상학적인 문제에 침묵을 지킨 것은, 그 물음이 전혀 쓸모없는 희론(戱論)이라고 생각했기 때문입니다.

우리들의 주위에도 이와 비슷한 경우가 적지 않습니다. 욕심이라는 독이 묻은 화살, 말이라는 독이 묻은 화살이 박혀 있는데도 그것을 빼내는 일은 까맣게 잊어버리고 거기에 상관하여 시비를 가린다든지 또는 쓸데없이 작은 일에 집착하여 괴로워하고 있지 않은가요?

여래(如來)는 길을 가르칠 뿐이다

부처님에겐 여러 가지 이름이 있습니다. 그것은 모두 부처의 덕(德)이나 성격을 나타내는 명칭들입니다.

그중 대도사(大導師)란 말은, 탐욕과 분노와 어리석음으로 끝없이 헤매는 중생들에게 바른 길을 가르쳐 깨달음의 경지에 들어가게 하는 큰 스승이란 뜻입니다.

부처님은 길을 잃고 헤매는 수많은 길손에게 길을 가르쳐 주었습니다. 어린이에게는 어린이가 가야 할 길을, 어른들에게는 어른들이 가야 할 길을, 병든 이에게는 병에서 낫는 길을, 그리고 죽음에 이른 사람에게는 영원히 사는 길을 가르쳐 주었습니다. 한마디로 하여 부처님은 온갖 괴로움에서 벗어나는 길을 가르쳐 준 것입니다.

부처님은 결코 전능한 신이 아니었습니다. 그는 엄하고 무표정한 신이 아니라 깨달은 사람이었던 것입니다. 그는 우리처럼 따뜻한 마음을 지닌 인간이었고, 모든 번뇌에서 벗어난 깨달음을 깨우친 인간이었습니다. 그는 생명의 요구에 따라 인간적인 사명을 다하였을 뿐입니다.

부처님에게 수많은 사람들이 길을 물으러 왔습니다. 그 가운데에는 어려운 문제를 제기하여 논쟁을 하려는 사람도 있었고, 또 부처님의 가르침에 대해서 진정으로 의문이 생겨 의문점을 알고자 하는 사람도 있었습니다.

부처님이 시라아바스티이의 교외에 있는 녹자모 강당(鹿子母 講堂)에 머물러 있을 때 일입니다. 하루는 마우도가라야나[目連(목연)]라는 수학자(數學者)가 부처님을 찾아왔습니다. 그는 두 가지 질문을 부처님에게 제시하였습니다.

"세존이시여, 제가 이 강당에 오는 데에는 거쳐야 하는 길이 있었습니다. 제가 전문으로 하는 수학에도 차례대로 가르치는 방법이 있습니다. 세존이시여, 당신의 가르침에도 순서를 따라 배우는 그러한 길이 있습니까?"

부처님은 빙그레 미소를 지으며 이렇게 대답하였습니다.

"벗이여, 나의 가르침에도 물론 일정한 순서를 따라 배우는 길이 있소. 이를테면, 말(馬)을 잘 다루는 사람은 좋은 말이 들어오면 우선 머리를 바르게 하는 훈련부터 시키고 나서 여러 가지 훈련을 차례로 시키는 것이오. 나도 마찬가지로, 진실한 사람을 만나면 점차로 수행하여 마지막에는 니르바나[涅槃(열반)]의 경지에 이르게 하오."

부처님은 덧붙여서 비구들이 밟아야 할 길을 질서 정연하게 낱낱이 설명해 주었습니다.

마우도가랴야나는 다시 물었습니다.

"그럼, 세존이시여, 그와 같이 지도를 받은 당신의 제자들은 모두 니르바나의 경지에 이르렀습니까, 혹은 이르지 못한 사람도 있습니까?"

"벗이여, 내 제자 중에도 거기까지 이르지 못한 이가 있소."

"그렇다면 참으로 니르바나[涅槃(열반)]의 경지가 있고, 거기에 이르는 길도 있다면, 또 세존이 스승으로 계시는데 어찌하여 이른 사람도 있고, 이르지 못한 사람도 있습니까?"

이 물음에 부처님은 반문법(反問法)으로 대답하였습니다.

"그럼 벗이여, 어떤 사람들이 그대에게 왕사성으로 가는 길을 물었다고 합시다. 그대는 그 사람들을 위해 자세히 그 길을 가르쳐 줄 것이오. 그래서 어떤 사람은 무사히 왕사성에 닿을 수가 있었는데, 또 다른 사람은 길을 잘못 들어 딴 길에서 헤매는 일도 있을 것이오. 그것은 왜 그럴까요? 분명히 왕사성은 있고, 그곳으로 가는 길을 그대가 가르쳐 주었는데, 어째서 어떤 사람은 거기에 닿았고 어떤 사람은 닿지 못하였겠소?"

마우도가랴야나는 약간 얼굴을 붉히고 더듬거리면서 대답하였습니다.

"세존이시여, 그거야 전들 어떻게 할 수가 있겠습니까. 저는 다만 길을 가르쳐 주었을 뿐인데요."

부처님은 고개를 끄덕이고 나서 말하였습니다.

"그렇소. 나도 또한 마찬가지요. 니르바나[涅槃(열반)]는 분명히 있고 거기에 이르는 길도 있으며 또 내가 가르침을 주었음에도 불구하고 내 제자 중에는 이에 도달한 사람도 있고 도달하지 못한 사람도 있소. 그렇지만 그것을 난들 어떻게 할 수가 있겠소. 여래는 다만 길을 가르칠 뿐이오!"

이와 같은 가르침을 듣고 이 수학자는 부처님을 섬기는 재가 신자가 되었다고 합니다. 여기에서 어쩌면 부처님에 대하여 의아하게 생각할 사람이 있을지도 모릅니다. 부처님이라면 그만한 힘을 발휘하여 직접 니르바나[涅槃(열반)]에 이르게 할 수도 있지 않겠는가 하고 물을 수도 있습니다. 그러나 돌이켜보면 "나는 다만 길을 가르칠 뿐이다"라는 이 말에서 우리는 오히려 부처님의 면모를 볼 수 있습니다.

이와 같이 부처님이란 어디까지나 길을 가르쳐 주는 '도사(導師)'인 것입니다. 부처님은 자신의 신격(神格)을 주장한 일이 없습니다. 그리고 기적을 나타내 보이거나 불가사의한 일을 행하거나 해서 사람들에게 믿음을 강요한 일도 없습니다. 목이 말라 물을 찾는 소를 물가까지는 끌고 갈 수가 있지만, 물을 마시거나 안 마시거나 하는 것은 소 자신에게 달려 있습니다.

부처님은 다만 길을 가르치는 도사(導師)로서 그들을 가르치고 일깨워 바른 길로 이끌어 준 '사람'입니다.

후기(後記)

"일상생활에서 '반야바라밀다'를 생각하라."

현대인도 우리 마음속 깊이 생각하며 찾는 것이 있어야겠습니다. 우리는 흔히 세상사는 보람을 느낄 수 없다는 말을 듣습니다. 현시대에는 하는 일이 세분화됨에 따라서 내가 종사하는 일의 기쁨을 모르고 자신의 일에 대한 정체성에 의문이 들 때가 있습니다. 내가 하는 일이 전체를 만드는 기쁨을 가질 수 없는 것이 한 원인이라면, 자신의 인간성 개발을 평소에 생각하고 찾아야 할 일이 아니겠습니까?

마음을 풍성하게 살찌도록 해야겠습니다. 미련과 집착을 남김없이 날려버리고, 인생은 본디 허무한 것이다, 아니다, 하는 그것마저 없는 것임을 깊이 알게 되었을 때 비로소 빛으로 가득 찬 반야심경(般若心經)의 가르침, 공(空)이 자기 안으로 들어오는 것입니다. 여기서 우리는 자신의 마음의 관리와 인간성 개발이라고 하는 삶의 보람을 가슴 가득히 체득하게 됩니다.

본문에서 되풀이해서 말씀드린 바와 같이 이 지혜를 '반야의 지혜'라고 할 수 있습니다. 이 책에 나오는 모든 성인의 말도 이 지혜의 개발을 생활화하라는 뜻이었던 것입니다.

'반야심경'을 친근감을 가지고 읽을 수 있고, 바르게 이해할 수 있으면 하고 바랍니다. '반야심경'의 뜻을 새겨서 두고두고 이것을 생활화할 수 있도록 되어야겠습니다. 그러기 위해서는 친숙하기 어렵던 철학과 종교의 용어를 가능한 한 모두 풀어서 귀에 익은 우리 한글과 문학의 말로 바꾸는 것이 필요합니다. 아무리 깊고 훌륭한 진리의 말이라도, 많은 사람들이 그것을 올바로 이해하지 못한다면 너무나도 애석한 일이 아닐 수 없습니다.

그러한 의미에서 뜻을 같이하는 몇몇 분들의 적극적인 격려와 권유에 감동이 되어 부족하나마 이 원고를 작성하기에 이르렀습니다. 중요하다고 여겨지는 낱말에 통일을 기하지 못했음을 밝히지 않을 수 없습니다. 아무리 공부해도 부족함이 있는 필자를 이해하여 주시기 바랍니다.